UNDER
THE
EYE
OF
THE
CLOCK

时钟的眼睛

Christopher Nolan

〔爱尔兰〕克里斯多夫·诺兰 著

洪 凌 译

南海出版公司

2008·海口

Under the
Eye of the Clock 目录

序

约翰·卡利

克里斯多夫·诺兰的新作并不需要我或其他任何人的序言。但是，既然他要我写上一篇，自当乐意从命。他的第一本书《梦幻爆裂》是一部欢畅无限的作品。他扑向语言的姿态如同一场雪崩，更像一次逃出死域的奋战——其实，就他自身经历而言，这并不稀奇。经年以来，诺兰被囚困于行动不便的身体牢笼，无法发声。他发现了文字这个属地，就与之嬉乐、狂欢。让文字飞翔、咆哮，回响不绝，字句之间交相辉映。令人费解的字眼迫使你不断翻阅字典，结果赫然发现：语言并非只有你习惯的那些惯用模式。在诺兰的文学海域，语言是一片深不可测的渊洋。

《梦幻爆裂》也是一部悲剧之书。它的文字风格同时挑战了我们的文学传统。诺兰不时改写与重塑既有的典范。例如，他的"泪水从我的面颊潸然而下"（tears that peter down my face），让我们联想到泪水"溅涌"（peter out）这个词。我们使用习惯用语或语言典范的路径并不是只有一条，我们发现，人们能够不停地为其赋予新的意味。于是在此，我们看到了新颖的泪水：缓慢、沉默、无望。那是我们过往未曾注视过的泪水。

我们在《梦幻爆裂》中领略到的力量、新异，以及丰美的质地，也能在本书中找到。例如，约瑟夫的噩梦变成空灵奇幻的语言神游，语言的迷踪陆续出现。你可能会感觉到，对诺兰而言，fee、fresco 这些字眼有其独特意味。明白这些之后，你便能够有效地拼贴起他的语意世界。举例来说，在一些不同的段落中，fresco 都彰显出某种光亮丰盈、超越生命本身、只能注视不能分享的情境。这样的意味，其实并不难领会。

但是文中还有许多难解之处，就像这一段："约瑟夫对自己永远不能结婚心知肚明，他早就停止了这种挑战，过度花费未来，就像人类的脚后跟，今生注定要做一名清心寡欲的隐士。"可以理解诺兰以"花费"（fee）来暗喻"牺牲"（sacrifice）。但是，何谓"人类的脚后跟"（humanhinded）？这是在晦涩而非善意地谐拟"人类性"（humankinded）一词，但又是何意？那应该是表示后方（behindhand）、阻挠（hindrance），还是一个单纯的庄稼汉（hind）？或者，三者皆是？这样的语言展现无远弗界，让我们难以企及。这就是典型的诺兰效应，也是论者将他与乔伊斯相提并论的缘由。

虽然与上一本书有诸多相似之处，《时钟的眼睛》还是别具一格，大有突破。简练的叙述与繁复的篇章设置结合在一起，展现出一种新颖的语意对比、延展性的叙述，以及新奇的写实主义。由于他出色的语言技巧，被观察的世界往往呈现出我们所不习惯的新锐性。他在沙滩看到"柔软油滑的海浪"爬向自己；市场上的马匹"溢出干瘪的尿液"；一个故事有关"翡翠绿般的嫉妒"。将这些语言与《梦幻爆裂》的语言比较，你会看到他的视角往外转去。想象的展开已不再局限于对自我的关注，而是积极拥抱外在世界，即便是马的尿液。在这些语言技巧高度集中的篇幅当中，最具代表性的就是描写约瑟夫的母亲肢解一只火鸡的段落。类似的篇章日后肯定会成为英语文学选集的一部分。就诺兰的语言特质而言，他糅合了一个孩童古怪精灵的心性和成年人才有的深刻思想和语言技巧。

这样的复杂性通过诺兰对自身的书写表现出来，被公认为是他残障状态的成果之一。正因为他深切体认到自己身体的恐怖事实，才三岁大的时候，他就"哭出了成年人的泪水"。《梦幻爆裂》精彩十足地镂刻出他人对待他身体残疾的反应，并且收录了他以毫不自怜的理性态度书写的父母主题诗。在这些成熟而温情的作品中，作者以成人的视角回顾过往，超越了孩童的眼界。在《一旦我完全开启他们的双眼》这首诗中，他以一个无辜路人的视角述说自己的瘫痪。同样，在《爸爸与妈妈》一诗中，稔熟的手段和通篇的"爸爸"与"妈妈"，产生强烈的对比效果，而对年少生活的叙述似乎来自于他更早的生命阶段。

在《时钟的眼睛》的叙述中，一种怪异的疏离——从自身状态抽拔出来，同时又和与自己看似隔离的处境脐带相连——持续地迷惑着读者和作者本人。他梦见自己是个擦窗户的工人，在一个银色梯子上保持平衡，使劲挥舞着抹布，吹着口哨，欢快而活跃。突然，他透过窗户，看到一个沉睡的男孩，赫然发现那就是自己。诺兰在梦中反问："一个人的生命如何可能在同一个时刻被割裂成两种存在？"同时，这也是本书在近视点观察之外，又能以超拔的远视角观望一切的原因。

本书另一个持续探索的议题就是宗教。在《梦幻爆裂》一书中，作者的天主教信仰已经坚定而明显。但是，读者可能对他过于坚决清晰的态度感到不安——在约瑟夫的这种状态下，宗教信仰的告慰会不会过犹不及？或许，对非天主教徒的读者而言，这些问题更容易解决。然而，书中的诸诗篇并没有余暇来处理这个问题，充其量只以些微的暗示来回应这个残疾男孩对上帝发出的哭号和谴责。而在《时钟的眼睛》中，作者坦然面对这个问题，所以我们能够更清楚地看到他的信仰。在本书最戏剧化的一个场景中，约瑟夫来到浸洗会的圣约翰教堂，坐在轮椅上迎向那个巨大的十字架，为的就是让自己的手臂摆出彻底叛离的姿势，用中指比向摇摆于前方的耶稣像。亵渎神明之后，约瑟夫随即产生一种荒谬感："想想看，要上帝闪开的滋味。"但是，这些想法并不会变成日后的忏悔素材。约瑟夫相信地狱正对着他低语，嘲笑他的困厄。那些诗句中的信仰成了庇护心灵的力量，成为战场上迎击挑战的先锋。

对于一篇本不需要存在的序言来说，本篇已经显得够长了，但我还要陈述最后一点：任何一位想要分析这位出色的年轻作家的评论者，都不能忽略他的生理处境——这必定成为某种战略性的过程。然而，这种说法不应被误读为要对作者"给予优惠"。诺兰的残疾并不需要某种慈善对待，反而是提高本书价值的耀眼之处。这是来自于沉默之境的声音。诺兰对于这样的沉默明心见性，并敏锐地感受到数世纪以来，那些无声无助的残障者"被驱逐、被标示、被视为废料残渣"的处境。他们深切需要一个能告知我们的声音。如今，这样的声音通过"尖角打字机"传达出来。借着诺兰的笔触，我们读到本书中一个接一个的精彩故事。诺兰让我们知道，读过此书之后，任谁也不可能再像以往那样设想残障者身受的苦楚。因此，这本书不但是一部杰作，更是一本异常必要之书。

序　诗

一个孩童的忆往

许久之前

在"歌特纳摩那"

鸣钟之声持续地响叮当

在我的脑海中敲打、诉说

他们不时挖出洞穴

偶尔玩耍着

活动念头的滑梯

我爬上去又滑下来

这始终折腾我的钟声啊

当时是个一岁三个月大的婴孩

我偶尔回家

从来不是地理上可以返回的家

我新的家是远方的农庄

回来之后

我停留在

拉斯葛旺的舒适厨房

织成篮筐状的壁纸

漆成绿色的墙壁

陆续冒出的记忆

如同梦幻般的孩提情景

短暂的心灵造访

之后

我在叮叮当当的虚伪声中醒来

1　少量的芦荟

难道你要将所有问题都归到一个残障少年身上吗？在返回都柏林的班机上，约瑟夫·麦翰如此沉思着。现在，他好不容易鼓足勇气，要求娜拉帮他点一杯咖啡。以往他总是谢绝饮料，唯恐出现液体笨拙地流经他呼吸器官的场面，造成旁人的惊异。"要红茶还是咖啡？"Aer Lingus航空公司的乘务员询问。娜拉回答："请给我们两杯咖啡。"让娜拉感到惊讶的是，以约瑟夫的沉默性情，他竟能公然表达自己想要在公共场合喝饮料。他的母亲感到了这少见的勇气，把一小口咖啡倒进他紧绷的嘴里。他坚决地将饮料逼进喉咙，让液体直接流入腹中。他将头靠在座位上，狡黠地从娜拉那边移开，从包里扯出一条丝质手帕。

　　"嗨，起来一下。"娜拉用肘轻推他，"看看底下，那就是爱尔兰的瞳眸。"当他向下俯视，祖国的美丽海岸映入他的眼帘，向一个残障男孩展露欢迎之意。

约瑟夫载誉而归，到机场迎接他的人有父亲马修·麦翰，还有姐姐雅薇妮。脑瘫病给他带来了孤寂，大不列颠却给予他精神上的食粮。自从他去了一趟伦敦，以沉静优雅的姿态领到一个文学奖，他就显得更为坚毅。尤其是当雅薇妮把在头版刊登新闻"罹患脑瘫的爱尔兰男孩获取殊荣"的剪报拿给他看时，他的心便回到彼时的伦敦。当时，他有幸与英国痉挛协会成员会面。他们的心领神会以及接待他时表现出的尊敬，实在让他感到惊叹。他们深远博大的心灵使他折服，他们的坚定平复了他的烦躁不安。

新闻媒体一片哗然，大家都争先恐后，想要获取独家故事，讲述一个身体残障的人如何在遍布刁蛮专家、缺乏诚实的文学世界中夺魁。约瑟夫端坐着，任凭娜拉以从容的姿态对付那些兀鹰猎食般的报刊记者、广播电台与电视台的制作人员，以及兴致高昂的剧作家。我将从这场争夺中得到什么呢？男孩沉思着。他向家人投以关怀的目光，发现他们的隐私被侵犯。他们对约瑟夫的烦躁不安、猛烈点头、沉默又创意十足的沟通方式表示理解。他哀伤地坐着，努力想表达一种心碎的乞求——千万不要把我描述成一个怪物。

忧伤足以摧毁一个心灵的创造实践。约瑟夫索性听任事态发展，在他的承受范围内，客观冷静地看待这场骚动。他经常在深夜的幽微冥思中省视自己：

噢，好吧
目前我所取得的

你们以为是什么

成就？

天杀的，难道我没有尽力求生？

当每个人都以为我已经槁亡

相同的差异

相同的运势

气态一般的生命

怯懦地靠边而来

就在诸愚人的游行

孤寂的鲜润

不敢声张呼吸

集结着回旋不已

僧袍的湛亮

新颖的事物

虚无的蛾

空渺的声音

被笞打的骨骼

格斗而来的喜悦

光焰的厅堂

恶臭丛生的陈词滥调

恶兆颔首

将时间延搁

随机的意念笔记

离经叛道的男孩们

伯伦式半自动轻机枪开火

孤寂的高分贝

崭新的冒犯

随着爱的光照而点头回应

透过枯槁的仙人掌

就在与世隔绝的关照

　　诸多欠揍的狗东西摆出头脑清醒、身体可以控制的样子，以表现他们的驯顺，而约瑟夫·麦翰却故意让大家见识到他摇摆的身躯，以显示生命的不凡。在过去的许多世代，曾有无数的残障者被驱逐出境，烙上印记，在那个他们的丑陋形貌所触犯的世界中，被视为废料残渣。他们之所以被轻视，在轻蔑中遭致挫骨扬灰，只由于他们不幸地与那些庸常的人一样，无法对自身残障的正常性进行任何思索。当约瑟夫严肃地回顾往昔，他沉浸于对残疾人命运普遍性的关注中。然而，理性的跃动从未平息，不断生产出对困窘现实的新颖嘲谑。

　　约瑟夫冲破藩篱，以创造性的智慧抒写心曲，由此走进普通人的世界。他无比渴求沟通的渠道，但难以计数的艰难粉碎了他的渴求。他只能寻求通往自己心灵的法门，体味复仇女神所赐予的力量。

　　先知们不会为残障者麻木的表情着恼，然而，那些拿脑部疾病兄弟的身体缺陷取乐的奸猾之人，却在约瑟夫的幼年时代，从他艰难的匍匐动作中获得某种自我满足。如今，新思想每时每刻在约瑟夫的心灵花园中绽放。他不浪费任何一个瞬间，时时以座右铭自勉。诗就是他表意的法门，真实是他的凭靠。记忆中某些被妥善保存的信息照亮了他的写作之路，他尝试解开隐藏于不幸成长岁月中的奥秘——虽然生来就脑部残障，却有鲜被认可的才情。通过家人，他向世人宣告：只要你们接受我之为我，我就接受你们的世界。

于是，一场战斗开始了。战斗的双方，一方是残疾但睿智的少年，另一方是那个充满敌意和隐秘、偶尔闪现出悲悯的世界。

我能否攀登上阻隔人心的山峦？约瑟夫犹疑着。我能否冲破社会构筑的藩篱？当我分明知晓自己比家人懂得更多时，可否要求他们充当我的帮手？现在，我知道，那可恶的怀疑主义在我芜杂忧伤的世界里猖獗泛滥。约瑟夫自问，一个无法言语的残障男孩究竟能干些什么？我的残疾搅乱了我的平常心，褫夺了我的声音，损毁了我的微笑，阻碍我成为一个正常人……

约瑟夫一如既往地静卧在床上，睡意缓缓袭来，意志却不允许沉思中断。他思考着，要怎么做才能克服我的喑哑无声？他想寻找一种直截了当的方式，深深感到得找出一条通路，可以和那些身强体健的同龄人沟通无碍。他的内心千回百转，好像乘上一列古老又新颖的火车，探寻人们从未知晓的终点。他艺高人胆大，对"司机"下令：带我到无人可及之地。这样，当人们在孤寂中漫游时，他便可以捕获他们的心灵。然而，他不可能不明白，人们的心绪从未牢扎深植，而像星体一般飘摇浮动。他的羽翼自由伸展，他的目光炯炯有神，他不放过任何绝望的气息。当他迅捷地挖除毒瘤，意欲洞穿孤寂时，他很可能受到伤害。成群的蛆虫标定出他所在的多力山浅滩的位置，层叠的意识杂乱堆积于他的枕边。他深深知道，自己必须按部就班地接近预定的幻美终点站，否则会跌得很惨。

　　由于只能坐在轮椅上，约瑟夫得依靠他人帮助推轮椅。除了可信赖的家人，他还有个要好的朋友——爱利克斯·克拉克。爱利克斯花了许多时间，不厌其烦地帮他推轮椅。小时候，爱利克斯就是他的真挚好友，他们的友谊从早年的校园生活开始萌芽。当时，他们就读的学校属于都柏林的中央复健中心，学校里的孩子都和约瑟夫一样身有残疾。爱利克斯只是轻微的肢体障碍，他投注爱心和力量，帮助他的朋友领略生命中那些美好的事物，使约瑟夫心中痛苦的芒刺得以消除。他们一起逛商店，一起玩足球。爱利克斯推着轮椅，把足球放在两个轮子之间、朝向目标的地方。爱利克斯把球踢出去，他们共同分享命中目标的喜悦。无人留意时，他们又摇身一变成为杰克·史都华兄弟，在走廊间奔跑。爱利克斯推着轮椅，一脚踩在轮椅后下方的脚架上，另一脚蹬地，然后双脚都踩到脚架上，随着轮椅一起飞跑。

　　游戏的每一次成功都带来新的愿望，瞒过老师们鹰隼般的眼睛，成为对他们日复一日的挑战。然而有一天，却发生了意外。这对玩家还和从前一样随着轮椅快速地飞跑，他们都没发觉刚好放在教室外的新桌子。高速急驰之下，轮椅的轮子撞到了书桌前身，唯有"电光火石般的急骤"可以形容约瑟夫从轮椅上翻落的情景。他如同一个球，从轮椅上重重摔落，又被弹到半空中，摔下来，撞伤了额头。视野中是走廊的倒影，意识被仓皇的脚步声占据，声音在纷乱中淡去。不过，没多一会儿，视野便清晰了。约瑟夫感觉自己被抬起来，安放在轮椅上。布朗护士推着他冲进医务室，十万火急地在他头上放了个冰袋。爱利克斯吓得全身僵直。约瑟夫则被吓坏，不敢想象妈妈娜拉看到这样的场景将会如何。但是，妈妈来接他时，却什么都没有发生。父母们知道，孩子毕竟是孩子，无论他们的四肢是否健全。

童年友谊是未来人生的重要财富。即使未来的道路尚未开启，朋友之间的亲密情意已打造出时间与空间都无法割断的牢固链条。爱利克斯给予约瑟夫的快乐转化为美丽的记忆，虽然遥远的空间距离终究分隔了他们，约瑟夫却永难忘怀他们之间的深厚情谊。无法行动和言语的他时常记起身边这个勇敢能言的朋友给他带来的安全感。

爱利克斯感冒在家时，约瑟夫就会被人遗忘。有一回，贝尔格洛夫学院的一支乐队前来演出，所有的学生都应邀参加。大家随老师到演奏大厅去，教室顿时一空。可当时爱利克斯正好没来学校，大家竟然忘记带约瑟夫参加。他一个人孤零零地坐在教室里。音乐响起，他拒绝聆听，暗自痴望着墙垣。后来，他太累了，无法再保持这种状态。他想象自己变成雷恩小姐，教导大家要坚守对上帝和同胞的信念。他环顾着教室四周，视线落在那幅欧洲地图上。于是，爱尔兰最新一代的机长驾驶他的飞机飞向逃逸之所，有别于先前降落过的无望之地。音乐依然从远方传来，那是《茉莉·马龙》（Molly Malone）：

就在都柏林这漂亮的城市，

姑娘们也如此美丽。

我首次看到甜美的茉莉·马龙，

她推着轮车绕着大街小巷，

喊着：海扇贝与生蚝

活鲜鲜，活跳跳，哦！

约瑟夫又将自己想象成爱尔兰最伟大的男高音歌手——约翰·麦科麦克。他的胸膛起伏不已，干涩的喉咙里开始翻滚火山熔岩般的《茉莉·马龙》之音。这声音可以使沉眠于墓地的死者重生。这是强迫性发声，而不是音乐。难道这位爱尔兰最新的男高音歌手必得声嘶力竭？约瑟夫用足尖踩着轮椅的金属踏板，咳嗽不止，又开始下一轮游戏。

青春的色泽无所不在，约瑟夫又目睹了冥想中的梵高。他看到教室墙壁上张贴的学生画作，在想象中用另一幅画取代这些作品：耳朵被割开，从内往外绽裂，没有包扎绷带，穷凶极恶地倾听着。他体会到那一刻的情境，便魄力十足地以金属枪的灰色取代了金黄色。

接下来做些什么呢？约瑟夫思索着，并不在意孤身一人。他的目光转向贝尔格洛夫学院的方向，想到他不自由的姐姐坐在学校三层楼高的教室里。他想象姐姐坐在大课堂内的模样，必定相当失落。于是，他用他最喜爱的柠檬香料装点自己神秘的独奏会，邀请姐姐到这个给予自己崭新自由的城市来。突然间，他爆发出笑声，意识到自己是这个残破属地的领主。他对着周遭的寂静咯咯发笑，将那些颐指气使的男子赶到一边去，陪伴姐姐上演她的独身少女秀。姐姐如此聪慧机智，却不明白世人为何不懂弟弟的眼神。她站在这些没有头脑的躁动者面前，抓出一大把弟弟的生命切片，向他们展示。她要让那些躁动者知道，无知才会导致恐慌与畏惧。

约瑟夫将头转过去，看着自家的阳台。姐姐就伫立在那里，用戏剧化的声音背诵在学校学的诗。詹姆斯·韦登·乔森的《咔咔响》，以及《干枯的骨头》。《干枯的骨头》的音韵带有黑人音乐风格。然后，姐姐的心情大变，哼起西拉利·贝罗克的《塔兰泰拉舞曲》。穿过约瑟夫的记忆，她跳着腾挪飘逸的舞步。他坐在轮椅上，看着她跳舞。姐姐狡猾地让他留在黑暗的背景中，头顶的灯光却足以让她获得充分的聚光效果。有时，她越过舞台，看看观众的反应。他咧嘴笑着，乞求姐姐再跳。她变换灯光，迅速跳起卷摆舞。这时，舞蹈需要音乐伴随。他听到姐姐低声吹着口哨，被她吹出的曲调蛊惑：《丹尼男孩》、《罗迪麦考利》、《我的拉根爱人》，以及《到达提斐拉利是一段漫漫长路》。

当时他才九岁，却像个大人一样快乐，这都要拜一个十一岁女孩的想象力所赐。姐姐为自己精心装扮，古怪地旋转舞动，古老的裙装饰有羽毛和花边。突然，她高声大笑，熄掉灯，跑下楼梯。骤然间，他以为花仙子闪现在眼前，正高亢地舞蹈，踢着狂乱的舞步。最后，她以劈腿动作结束这场狂舞，羽毛裙摆在身后高扬起来，如同孔雀开屏。她跳得筋疲力尽，约瑟夫深受感染。通往演奏大厅的门虽然关起来了，但姐姐却让他看到一场独舞秀。她鲜活的舞姿在他沉寂的心田种下了鲜嫩的百合花。

国歌响起时，约瑟夫的联想游戏戛然而止。哦，终于来了，他想着，我一定不能悲伤，毕竟我并不悲伤。他知道，雷恩小姐肯定会为他感到万分遗憾。所以，他得说服她，他其实很愉快。他将微笑准备好，等待着人们进来。兴奋的喊叫声涌入走廊，嘈杂声四处响起。然后，门打开了。"哦，天哪，可怜的约瑟夫！"大家不约而同地叫起来。雷恩小姐听到他们的叫声后走了过来，特别为他感到悲伤。这个被遗忘的男孩，为了安慰她，竟摆出一副灿烂的笑颜。

中央复健中心学校的孩子们形成了一个彼此关照的社群。每个学生都多少有些残疾，有的极端严重，有的则很轻微。约瑟夫坐在同学中间，他的残疾特别凸显出来。他被身体的残障阉割，被嘲笑亵渎，被瘫痪的肌肉弄哑，而身体的整体状况有时却又反讽般健康。他感到被欺骗了，因为他的健康感受总是和他无助的四肢发生冲突。这要命的四肢痉挛会不由自主地发生，以致他无法挥走一只停留在鼻尖的苍蝇。校园生活就是和其他同学一起过着普通的日子，而这些残障同学无法明白自己话语的意义。约瑟夫却以清明的神智，永远避开了历史上残疾同胞们经历的地狱之劫。

整个课堂充满兴高采烈的喜悦气氛，孩子们因约瑟夫的存在获得许多笑料。就此而言，约瑟夫其实是被当成一个小傻瓜看待的。不过，这也不是没有好处，他借此测试了他们理解肢体语言的能力，同时，他感到这些小孩想象力的缺乏。有时，当他表达出不屑时，他们茫然的反应同时抚慰了他受伤的心灵。他从受到伤害的心情中解脱，反而获得嘲讽对方的自信。他满怀火山爆发式的心愿，想要更自由地表达自己的信念。

在课堂中找乐子的活动逐渐变成惯例。这一天，英俊的埃亚蒙·坎贝尔成为喜剧的主角。他将约瑟夫轮椅的两个轮胎放了气，然后向约瑟夫挑衅说："有种就去向老师告状！"当雷恩小姐午休后踏入课堂，约瑟夫打定了主意，要坚决表达自己的不满。他暴怒地踏着轮椅踏板，欲引起她的注意。她看着约瑟夫。于是，他踏得更厉害了，并投以愤怒的眼神。她皱着眉，显得疑惑不解。他盯住她的眼睛，引导她看向轮胎。他反复进行这套动作，直到她走下讲台，仔细察看他的轮椅。

"怎么了，约瑟夫，你的轮椅出问题了吗?"

约瑟夫重重地点头。

"哦，你的轮胎被扎了个洞。"

约瑟夫牵引着她的视线，让她看另一个轮胎。

"嗯，有人把你的轮胎放气了。"她终于明白了。"是谁干的?"她质问。

约瑟夫立刻抓住机会，控诉般盯着埃亚蒙。埃亚蒙否认他与此事有关。

"好吧，"雷恩小姐说，"让我们举行一场听证会，来一次陪审团审判。我就是法官。"

审判正在进行中。原告是约瑟夫，被告是埃亚蒙，证人被传唤上前，提供证据。但是，陪审团无法判决。于是，他们提出一个能够讨好双方的决议。法官专注起来，眼里闪耀着光芒，她要求原告与被告握手言和。埃亚蒙僵硬地走到约瑟夫身边，握住他的手，温和地摇着。然后，他走向雷恩小姐，说他会找人帮忙给约瑟夫的轮胎充气。从那一天开始，他将约瑟夫视为朋友。

老师的某些言行总会增强或挫伤学生的信心。以约瑟夫为例，老师大大增强了他的信心。他们不但明白他的信号语言，还会发挥想象力，让他与那些只是轻微残障的孩子一起活动。他们教他打乒乓球。即使那个球根本没有打到台上，而是直接飞出窗外，奥马赫尼老师还是会牢牢握住约瑟夫的手，一起把下一个球打得更好。

这种友好的沟通绝非不可能，只要老师们努力提供便利，使约瑟夫可以企及。通过老师引荐，约瑟夫还见过加拿大的著名运动员，以及最新加冕的爱尔兰足球联赛冠军、绰号"哈尔弗军队"的都柏林球队。他甚至近身观赏了他们的战利品——珊·玛格约利的胜利之杯。

有时带大家出去时，老师甚至会背起残障学生。他们如此关心这些孩子，不时地为他们打气加油。一天，一辆敞篷的双层巴士开到学校，约瑟夫眼里的渴望之情促使奥马赫尼老师把这个行动不便的孩子背上巴士，让他坐在自己腿上，一起来一次克朗塔夫巴士旅游。老师的声音抚平了严苛命运对他造成的创伤。奥马赫尼老师以一对一的方式，为他讲述克朗塔夫的历史，介绍旅游景点。他如此耐心地对待学生，有一次甚至决定将课堂变成厨房。"明天我们来做爱尔兰炖菜。"他饶有兴味地说，开始说明要用的材料。第二天，学生和老师一起烹煮这道菜肴。当香喷喷的气味飘散出来时，大家的所有感官都沉浸其中，课堂魔幻般地变为厨房。

这就是约瑟夫的老师们，这就是他们的想象与心意。这个男孩常会惊异于老师洞悉心灵的能力，他们能够精确读取他面部表情、眼神的意思，以及其他身体语言。当老师猜对了他的一个信号时，师生会一起开怀大笑。在这时，约瑟夫从他们身上看到了上帝的存在。他们的慈爱、他们的亲切关照、他们的深情凝视，都显露出近似于上帝之爱的照拂。

克朗塔夫（Clontarf）的名字来源于盖尔语的"Cluain Tarbh"，大意为"公牛的草甸"。这个名称源于奔涌不绝，扑袭着都柏林海湾的巨浪。布莱恩·博罗国王抵抗了维京海盗的入侵，在一〇一四年的战役中保卫了自己的祖国，克朗塔夫因此而荣光。约瑟夫对这些民间故事颇为熟悉，都柏林北部郊区的城镇生活，也为约瑟夫点燃起想象力的火苗。在许多傍晚，他重新体会到布莱恩·博罗国王力战外敌的狂热。这种狂热现今经常发生在那些缔造光荣与魔幻的运动团队中。父亲是他在圣安公园观看足球比赛的良伴，他们两人同为一记记的大胆射门喝彩；冬天，他们一起到城堡大道的国际运动场，看国际球队的赛前热身训练。然而，这是四肢健全者的世界，可怜的约瑟夫只是旁观者。他越来越想与肢体正常的人接触，但在内心深处，四肢的行动困难始终让他担忧机会会不会来临。

皱着眉，专注地思考，约瑟夫清点他孩提时代的战果，下定了决心。在中央复健中心学校的学习过程中，课程的设计总是尽力配合学生身体的不便，令人感到非常舒心。但是，每当约瑟夫看到正常的学生放学回家，一阵落寞便油然而生。如果能在中央复健中心以外的普通学校上课，与身体健全的同学生活在一起，约瑟夫少年时代的生活，将迎来许多突破性的进展。

　　我能做到吗？漫漫长夜里，约瑟夫躺在床上思索着，我是否真的梦想成为一个正常人？他忧虑着。晨曦的灰色光线射入房间，古怪的回答回应他辗转难安的黑暗梦境，其坦率让他如遭催眠。谁会收你呢，你这个傻瓜！也许你咬下太多，远超过你能咀嚼的程度——咀嚼，要命的咀嚼！若我能够咀嚼，我就可以说自己是个正常人！无法咀嚼，无法吞咽，所以何必咀嚼？无法呼唤——不，我可以呼唤。或许只是一声哀鸣，但已经足矣。无法咀嚼，无法闻东西——可以，我有嗅觉！无法咀嚼，无法控制膀胱——可以，可以控制！无法咀嚼又怎样？我的座位是干爽的，总是如此。但是，无法咀嚼就无法哭泣——可以，可以哭泣，哭到枕头湿透！能够哭得死去活来。可是谁会在乎？无法笑——可以，可以！无法停止——可以停止！不知我能如何，不知为何如此。看不到自己所需，无法责怪自己，救救我！某个东西对我说：无法咀嚼。

　　约瑟夫的智商完全达到正常标准，现在，只要找到一所愿意接纳他的学校，就能让他与四肢健全的孩子一起上学。当他的父母收到一些回复，告知他们残障小孩无法与正常孩子共享课堂生活时，约瑟夫原本欢愉的人生遭到重击。老天，哪有父母愿意看到自己孩子的班上有个残废同学，还得与他一起上课！约瑟夫忧惧地听到娜拉与一所学校的教务主任通电话，教务主任说："我自己愿意收他。但是，每次我们开会讨论他的入学申请，总会有人投反对票。"约瑟夫心中想着，必然总有一个人反对他的入学申请。他心中出现一个圆桌会议的神秘场景：总是反对的人，正常人，美丽的人，冥顽不灵的人，抽着雪茄的人，脸色红润的人。讲桌内藏着的女子骷髅标本，不让那些浑蛋有逃生的机会。最糟糕的是有个基督徒，夸耀着自己的信仰，喜欢摸人家的头。可怜的孩子，上帝爱他！上帝最好了，从不关上任何一扇门，只会开启另一扇门！官僚到不让规则与需求吻合的人，那些以他人痛苦为乐的人，那些最擅长说"不"的人。他们在孩提时代听到了太多声"不"，能理所当然对一个残障小孩说"不"！永远说"不"！

强忍遭到拒绝的刺痛，闻到自己断翅的气味，约瑟夫产生一种"姑且走着瞧"的态度。他劝告自己不要回头，愉快地品尝着一瓶新的红酒与少量的芦荟。

虽然遭到重创，但并没有抓狂，马修只是为孩子感到悲伤。他是那种看到别人受伤自己不能忍受的人。他不停地向人描述那些猪脑子如何拒绝约瑟夫申请普通学校，直到将故事告诉一个同事——治疗师布莱恩·麦卡弗里大夫。麦卡弗里仔细倾听，表示想要见见约瑟夫。

翌日午餐时分，麦卡弗里大夫走进马修家中，看到马修正在用电话和另一个人讲话。一会儿，马修将娜拉与约瑟夫介绍给麦卡弗里大夫。约瑟夫用他的信号语言与大夫侃侃而谈，力图让他信服：在这里，有个准备妥当、随时能够上学的勇敢孩子，只要有学校愿意接收他。

麦卡弗里大夫远比其他人更了解约瑟夫的信号，他对约瑟夫说："我非常想帮你，而且，我想我可以做到。能用一下你们的电话吗？"他问马修，然后，他们一起到大厅去。

与对方短暂交谈后，麦卡弗里大夫回到起居室，盯着约瑟夫，"听着，约瑟夫，你将要接受山顶圣殿学校的面试。他们以往从未接收过身体残障的学生，但是，他们乐意与你会面。"

约瑟夫在心中提醒自己，要好生感谢这个心灵伟大的人。他要娜拉把打字机拿来，诚恳地打出一行字：你这么关心我，真是太好了。接着，他盯着麦卡弗里大夫的眼睛，想要得到大夫的回应。

麦卡弗里大夫的泪水就是回应，泪光在这个男人眼中闪烁，"你值得拥有我的每一份关心，我非常高兴能做你的引介者。从现在开始，约瑟夫，一切都得靠你自己了。"

没错，都得靠自己。约瑟夫用低俯的肩膀抵住通往幸运的车轮。面试的日子渐渐临近，他感到深不可测的忧虑。

2　地狱也为之捧腹

早上，约瑟夫·麦翰全身一惊醒来。他浑身紧绷着叫道："老天，今天就要参加那个要命的面试了！"然后，他恐慌得缩成一团。他知道，这一天结束之前，他很有可能会把面试搞砸。他躺在床上担忧着，尽量让自己放松些。等着让院长看你"跳舞"的模样吧，他取笑自己。不过，也许你会突然放松，变得庄重起来。记得第一次领取圣饼时，你冷静得简直像是大雨过后的沙漠。天赐的甘霖让他与生俱来的孤寂一扫而空，同时，地狱也在旁边捧腹不已，发出嘲弄的笑声。

　　约瑟夫全身战栗地坐在椅子上，他的父母准备将困在"兽栏"里的孩子带去见约翰·麦蒂考特先生——山顶圣殿学校的校长。别担心，约瑟夫对自己低语，勇敢一点，趁现在好好休息。事实上，他害怕得都快要哭了，等着接受青春时代的审判。勇气已经舍弃了他，约瑟夫加入了懦弱囚犯的阵营。

马修将车子停在路边，扭开收音机，佯装成一切都没有问题的样子，可他时常瞄向约瑟夫。娜拉用双手支撑着孩子的身体。约瑟夫让妈妈抱紧他脆弱的身体，仿佛要从她的勇气中得到力量。车子驶入学校，约瑟夫环顾校园。一个巨大的时钟在前方迎接他，提醒他历史时时刻刻被记录着。不过，肢体麻痹的他无法回应时钟的召唤。马修将他抱起来，放孤单的轮椅上。他们一起前往校长室。

　　听到招呼，轮椅里的残障男孩来到校长办公室。他看到一个目光清明、留着胡子的男子坐在办公桌前。而校长看到的情景却几乎让人无法相信：一个残障男孩儿堂而皇之地进来，双臂高举，脸上挂着近乎痴呆的笑容。麦蒂考特先生的微笑和欢迎词让约瑟夫立刻全身紧缩，脸上肌肉打结，四肢剧烈地抖动，如同一个需要松掉发条的时钟。可怜的校长一定对眼前的景象感到迷惑，但娜拉只是真诚地解释："您知道，约瑟夫非常容易紧张。他一会儿就会好了。"麦蒂考特先生表现出远比本能更深刻的信任，释然地笑了，完全不需要更进一步的解释。

　　一个高大的胡子男人跨进办公室。校长向约瑟夫一家介绍，这是杰克·西斯利普，学校的咨询主任。这时，约瑟夫已经比较放松了，能把注意力集中在老师身上。时间分分秒秒地过去，他又开始戒备起来，仔细观察对方的言语和态度。突然，平地惊雷似的一句话，将大家对待残疾人的小心翼翼炸开。麦蒂考特先生咧嘴笑着说："这样吧，约瑟夫，你何时可以来上课？"约瑟夫抓住这个问题，仿佛抓住如厕之后的解脱感。潮水般的愉悦涌上全身，让他先前的所有忧虑化为乌有，让他更坚定决心，不能让如此热心的校长失望。

仿佛为了要增强约瑟夫的信心，麦蒂考特先生拿起电话，对着话筒说："吉姆，你可以过来一下吗?"门打开时，又一个男子轻快地跨进来。他穿着一件针织衬衫、牛仔裤，浓密的深铜色头发和胡子仿佛要勒住他的脖子。约瑟夫不仅注意到他的胡子与时髦发型，还注意到从他敞领衬衫中蹿出的红色胸毛。

"凯西先生，我向你介绍约瑟夫·麦翰。"然后，院长转向约瑟夫，"约瑟夫，见过凯西先生，以后他就是你的班主任。"

凯西先生微笑着，"欢迎来到我们学校，约瑟夫。"然后，他转过身，与马修和娜拉握手。凯西老师似乎感受到了孩子的亢奋，"来吧，约瑟夫，我带你大略参观一下学校。"然后，这个友善、大步流星的老师，推着轮椅里静默深思的孩子出去。

沉默主宰了整个走廊。当吉姆·凯西推着约瑟夫前行，约瑟夫可以听见从教室传来的窸窣声。凯西带他参观了图书馆、艺术教室、餐厅。接着，凯西从口袋里掏出一大串钥匙，打开一间教室的门。他将轮椅缓缓推入，约瑟夫看到了一排排空荡荡的桌椅，看到了墙壁上的大黑板。真正攫取他注意力的却是那一排窗户，几乎高达天花板。约瑟夫疑惑，为何要建得那样高，几乎可以触摸到天空了。凯西觉察到学生的好奇心，回答了盘桓于约瑟夫心中的问题。男孩被老师精准的观察力震慑，安静地听他解释着。山顶圣殿将要实现他的梦想!

凯西关掉电灯开关，光线眨动了一下。然后师生一起回到办公室。随后，麦蒂考特先生又向约瑟夫介绍了两位同班的男生。他们经过麦蒂考特先生的精心挑选，帮助他适应 1L 班的生活。这两个男孩看起来颇为紧张，而且似乎很不自在。但是，在经过相互接触之后，大家都有时间调整各自的心态。约瑟夫并没有提出疑问，只是仔细审视着眼前的情景。和往常一样，他为自己在山顶圣殿学校的未来用力祈祷。

离去的时候到了，约瑟夫非常想感谢他的老师们，但是，痉挛般的抽搐还是取代了感谢的表情。他所能展现的只是傻笑、咕噜声，以及摇晃的脚步。最后，他在门口迟疑着，试图最后表达他的谢意。他稳住脑袋，直勾勾地望着麦蒂考特先生，不停地鞠躬弯腰。虽然如此，麦蒂考特并没感觉到有什么不对劲。那一天，约瑟夫第一次自然地笑了。他非常清楚，还会有更多这样欢笑的机会，因为生活总会将光明投入他充满梦幻的世界。

解除约瑟夫的恐惧是娜拉的责任。她可以感到，封印在他内心深处的是一种美丽而脆弱的敏感。她知道，约瑟夫对自己在山顶圣殿的表现感到失望。不过，在乘车回家的路上，她只是同马修闲聊着学校：宽敞开阔的校园、各种各样的运动设施、三位热心的老师。她并没有表露任何想要约瑟夫恢复信心的意图，只是静静地等着。

回家之后，她对约瑟夫表露了心意，"嗯，约瑟夫，把那一堆小题大做的东西都丢在脑后的滋味如何呀？"直到现在，始终沉默着的约瑟夫终于爆发了，痛快地大哭。他不在乎"男儿有泪不轻弹"的说法，反而更加确定，如果生活充满这样的困厄，当然要哭个痛快。他才不在乎那一堆无谓的东西呢！约瑟夫哭得涕泪纵横，宣泄出所有的困顿和疑惑。在那些健全人的

31

眼中，我到底是什么样子？我怎么让他们知道，我也有正常的心智？他们是否对我狂乱的肢体动作感到惊诧？他们是否只是表达出典型基督教新教徒式的关切？或者说，他们与我面对面之后，是否被我吓坏了？今后，我可还得面对八百多个学生呢！——昨日的泪水或许只是孩子气的表现，今日的泪水却关乎一个残障孩子的未来。

娜拉与马修试图小心地探索约瑟夫的绝望深谷，而他们最终勇敢而坦诚地说穿了他的想法。

"没错，"马修说，"你是很紧张。但你不明白的是，那些老师也一样紧张，只不过他们可以隐藏紧张。最好让他们看到你最糟的状况，以后情况就会变得越来越好。"

平常满怀同情的娜拉反而愉快地取笑他，打断了约瑟夫的悲情演出，"真是的，你这孩子！你已经在画布上画出了第一笔，之后的问题，只要接下来走着瞧啦。"她轻敲约瑟夫的胸膛，便微笑着去准备晚餐了。

但是，没有谁能让那些咸湿的泪水再流回去，约瑟夫又沉郁了好一会儿。他知道父母想要狡猾地把他吓成一个成年人，但是，他还不想做一个成年人。

在晚餐桌上，娜拉斥责约瑟夫是个胆小鬼，"真是的，约瑟夫，不要这么戏剧化。你不就是见到你的几个老师和两个同学，参观了一趟校园吗？现在，像个大人一点，给自己和大家一些机会。"约瑟夫还是觉得很难受，但他知道，母亲想要缓解这一天的不适，力图让他从积极的角度来设想。即便如此，他还是在绝望与希望之间翻腾挣扎。这一天任务沉重，要和那些不认识的人会面，还得说服他们接收自己，他已经感到疲惫不堪。最后，他终于放弃挣扎，告诉自己不要想得太糟糕，让自己更疲惫。他变得平静了许多，和往常一样，慰藉随之而来，他也随之拥有了可贵的胆识。长久以来，驻留在他心底的东西并不包括悲伤与空洞。接踵而来的快乐星云，将把他从残障少年的破碎战役中解救出来。

累得死去活来，爬上床的约瑟夫万分庆幸，被引介到山顶圣殿学校的第一天终于结束了。他在心中深切感激那些老师，感谢他们打破他绝望的沉默。他在心中摹画出这些心灵伟大的老师们。他知道他们是为了坚守自己的信念才接纳一个残障男孩，使他成为自己的学生。

展望未来，他在心底勾画出美好的前景。关注你的课程，孩子，他告诫着自己。想想看，你多么幸运，你已经克服了外界的冷漠，一脚踏入门内。或许你应该显得诚惶诚恐，想想那些比你先逝的残疾同伴，他们是否也有着正常的智力？他们是否被安置在一个又黑又小的肮脏房间，就此被漠视遗忘？阳光是否会晒黑他们白皙的皮肤？他们是否能看到夜晚的天空？仁慈的心是否让他们感动落泪？他们是否曾经将手放入冷水中？是否有人将他们紧握的拳头温和地掰开，好让冷水流过他们蜷曲的手指？他们是否感受过一只湿冷青蛙紧张的心跳？他们是否曾经将一只蠕动的小虫放在掌心？他们是否感受过柔软的夏日雨丝落到面颊上，或者极力想要呼吸微风的气息？他们是否曾经舒适地泡在温水里，因为香皂的美好气味而舒服地呻吟？早晨的阳光是否让他们目眩？或者，他们是否看到过冬日的树木黄昏时映照着落日红光的景象？他们是否倾听过一个朋友毫无心机的开朗大笑？当他们打高尔夫球，得到一个无懈可击的最佳成绩时，是否感受到绝对的满足？他们是否在父亲的陪伴下散步，如同一只只出笼的小鸟，飞在邻近的郊外？他们是否也感受过姐姐的疼爱，得到姐姐费尽苦心绘制的美丽图画？他们是否也爱着一只愚蠢的小狗，为小狗的快乐而感到喜悦？他们是否感觉到好兆头？他们是否发现身体健康的征兆，即使全身瘫痪？他们是否冲锋陷阵般吃早餐，好赶到学校上课？他们是否也因为等待圣诞老公公而无法入睡，又害怕如果睡不着，圣诞老公公就不会出现？他们是否也会时常跟姐姐吵闹，是否也会使姐姐嫉妒自己得到较多的关爱？是否甚至也想让身体健康的姐姐变得残障，好让她得到一样多的关爱？他们是否这样过？如果没有，是不是一切就没辙了？残酷的生活将他们的梦想罩上阴影，但是岁月听到这些羞怯孩子的哭声，让他们获得该有的愉悦。约瑟夫要自己别那么紧张，他在心中训诫自己。

车子汇入清晨的车流，马修与娜拉对沉默的约瑟夫满怀关切。他们设想着学校的作息时间、课程安排，猜想着谁会先和他们的孩子交朋友，也暗地里担忧，要是约瑟夫发作起来该怎么办？这时候，约瑟夫也在暗自思忖。他想，如果自己不可遏制地发出一阵紧张的尖叫，那些学生会怎么看待他？或者当他们将他的轮椅推入拥挤的走廊，他把手臂飞伸出去，又会发生什么？如果我的手臂突然伸出去揍了人，他们会不会认为我是个恶劣的家伙？当车流的拥堵缓解了些，他感到车子加速，与山顶圣殿的距离越来越近。终于，马修减慢了速度，进入学校的车道。看到那些飞奔的学童，约瑟夫吞咽下大把的恐惧。他靠在母亲身边，但眼睛还是牢牢注视着那座从巍峨屋顶上俯视他的大钟。

来到前厅，约瑟夫发现，彼得·尼克拉森与阿迪·科林斯正在等他。他琢磨他们的表情，只看到了男孩子们故作绅士的风度教养与自信。

"我们是否可以带你去上第一堂课？"彼得问。

马修想先解释他的孩子偶尔会发生手臂抽动的现象。娜拉什么也没说，她想让这三个孩子自己决定怎么处理这种情况。"如果你们要找我，就去那间小办公室。"娜拉说。然后，她向一扇黄色的门望去，约瑟夫与他的守护者从那里进入走廊。

约瑟夫尽力要四肢听话。同时，两个守护左右的男孩也思虑着如何解除尴尬。"我们先带你去音乐教室上音乐课。"彼得稳健地说。

在绿色走廊的尽头，一群学生正在等候老师开门，老师让孩子们进来。看到新同学，他走过来，温和地握着约瑟夫的手，"很高兴你能来山顶圣殿上学，约瑟夫。我希望你在这里跟我们一起愉快地生活。"

阿迪将轮椅推入教室，然后，开始上课了。好奇的约瑟夫将视线从一个学生转移到另一个学生。大家迅速调转视线，不再看他。他们紧张地力持镇定，免得显出害怕来。他嗅到了同学们对他的巨大恐惧。他自己也非常焦虑，不想因紧张的情绪使脸部肌肉变得痉挛，现出狞笑的模样。他极力避免变得更紧张，增加大家的忧虑。

就在这堂课结束之前，彼得与阿迪向老师提出早退的请求。因为他们需要在走廊被大多数学生占据、变得拥挤之前，让轮椅顺利地抵达下一堂课所在的教室。阿迪和彼得搜寻着某个可谈的话题，想要让他们守护的对象一起加入谈话。对这三个孩子来说，目前的进展堪称顺利，但是，没有一个人能预料到下一步会发生什么。突然，学校的铃声仿佛发生血腥的谋杀案一般尖叫起来，将脑部受伤的约瑟夫吓得跳起来。这吓坏了彼得与阿迪。即便发生这场虚惊，男孩们还是尽力保持勇敢的模样。他们连忙询问约瑟夫是否还好。约瑟夫咧嘴笑着，将目光投到天花板上，示意他很好。

下一堂课遇到了英文老师吉姆·凯西。"他就是我们的班主任，你知道吗？"彼得将约瑟夫推入教室，告诉他。约瑟夫回头看着彼得，示意说他知道。凯西老师用微笑简单地欢迎约瑟夫，将轮椅推到前几排座位间的一块空地上。他将关切的目光投向约瑟夫，开始正式上课了。

学校开始让约瑟夫体会到生活新的意义，他聪明地记录下学到的新知识。沉默的男孩听着凯西先生朗诵英国诗歌，那些都是他从未听过的东西。他记录课堂内容的方式令人不易察觉，他用精确而敏锐的耳朵，将学到的所有东西悉数存储下来。凯西先生与学生在课堂上积极地交流，沉默的约瑟夫也在暗地里回答问题，并且想要知道，是否有人与他的意见相同。

下一堂课又换了教室，这次是历史课。"我们的历史老师就是校长。"当三个男孩在走廊里前进时，彼得对约瑟夫解释。

走廊上的静默似乎制造出某种亲近感，约瑟夫在他们的陪伴下感到相当安心。三个男孩是第一批进入教室的人。当其他学生拥入时，约瑟夫暗地里瞄着他们，发现大家都刻意掩饰着，不想露出那一瞬间的恐惧。但他们人多势众，转瞬间就变得嘈杂不堪，彼此争论，互相嘲笑着，成了吵闹不休的顽童。麦蒂考特先生大步流星进来，仿佛并没有在新同学身上看到任何异常。"现在开始，集中注意力。"他说，要学生们将注意力集中在课本上，迅速开始讲课。

当约瑟夫和他的守护者到走廊上休息时，他不禁松了一口气。他将内心的伤感放到一边，同学的态度让他害怕，可怜的彬彬有礼让他感到无奈。但是他非常清楚，这两个伟大而温和的救助者有着仁慈的心。虽然他还年幼无知，但可以感受到老师冷峻外表下的温暖心意。另外，1L班的某些男孩与女孩也非常和善。

下课了，学生们也都开始了他们的十五分钟休息。他们用非常好奇的目光看着约瑟夫，彼得与阿迪总是在他身边。但某些幼稚的学生会嘲笑他们：那个轮椅上的人不是个智障吗？

在爱尔兰语课的教室门口，辛妮老师为约瑟夫的轮椅开辟出一条绿色通道，让他得以感受老师的关爱。辛妮老师身穿灰色套装，眼中流露出友善的目光。她之所以讲爱尔兰语，不只因为那是她的母语，更因为她从心底珍爱这种语言的音色。总之，她看起来非常热爱这种语言。约瑟夫注视着辛妮老师的眼睛，看到她正搜寻着他的表情，想要知道他是否感兴趣。可惜，她大概只会看到那呆滞的神情，听到没有意义的喉部噪音。

临近中午，彼得与阿迪将他们守护的对象送到克雷格小姐的地理课教室。约瑟夫只是由于紧张而粗重地呼吸，他滑入了新教室，无法用言语表达见到新老师的愉快。克雷格小姐高明地避开了开始的短暂尴尬。她细心地帮助孩子们移开座位，让轮椅进去。约瑟夫的呼吸平稳下来，仔细端详他的新老师。她用文明的力量展露出"没什么好恐慌的，我掌控这里"的气魄，然后，开始讲授她的地理课。

八百多个学生欢呼着拥向走廊。终于到了午餐时间，饭菜的香味从餐厅那边飘来。约瑟夫也暗自欢呼着，他在山顶圣殿的第一天已经结束，他可以舒服地回家了。他要跟家人详细报告这一天的情况：老师、同学的态度，以及他在正常人的美妙世界中度过的伟大的第一天，从头到尾、巨细无遗。

头一个星期，约瑟夫每天只需上半天课，这是特别针对他的需要而设计的方案。老师们觉得要让学校和同学逐步接受他。所以，约瑟夫的第一天就顺利度过了。下午他可以用来交谈、倾吐、坦白，以及舔舐伤口。

深沉的夜色总会将金色的心灵淹没。一九七九年的二月二十日，这是非凡的一天。如同往常一样，约瑟夫·麦翰看到生命在他敏锐的目光下流逝。他以自由落体一样的气势缔造出孩子般的坚定，以牺牲者的姿态降落至地狱。但是，这些惨烈的受难从来不能阻止他对蓝色天堂的秘密渴望。回顾这一天的情景，他陷入几近绝望的忧伤。但他拒绝恐惧，反而勇敢地在梦里向嬉闹的同学招手，在他们来不及说"不"的时候，暗暗步入他们的领地。

3 生命的白色文卷

晨光乍现，疏懒地映照着芬芳的牛膝草，暗示出希望的意味。约瑟夫行将面对学习生涯的第二天。经过那座独眼钟塔时，这个小男孩以孩子特有的方式对它鞠躬，因为他开始对自己产生信念。他好像一个精灵一样看着老师和同学们，决意投入他们的怀抱。就让自己尽量与他们共生共长，他暗自嗫嚅着。但是，他还是焦躁地认为，我只能是我自己。他理出了这条思路。在此之前，他已经在与彼得和阿迪的善意沟通中感受到了一定的安全感与仁慈。

　　约瑟夫厌恶自己成为学校的负担。"不会有一个出错的上帝。"这是他的信条。残缺如他，仍要相信一个照拂众生、充满慈爱和公正的上帝。"除非上帝照料着这个城市，否则，鸣钟者的清醒也只是徒然。"这是学校戏仿圣经《诗篇》的说法。如今，学校要以自身的作为来验证，上帝所在之处无不安全合宜。

约瑟夫在各种复杂的场合都会感觉到自己残疾带来的痛苦，现在，他简直乐得要跳起来。这些人正帮他将十字架从肩膀上卸下来！有着古老渊源的山顶圣殿学校（原来的校名是"山顶欢愉学校"）实践着圣经《诗篇》的教诲。学校以一座维多利亚时代的哥特式建筑为主体，建筑的尖塔象征某种向内的探视，大门上还镌刻着一八六二年的古老铭文。那诚挚的原始居民的古老文字阐释出约瑟夫的信念——生命永续不绝，只要找出一条活路。如今，约瑟夫·麦翰在二十世纪的阳光下，承传着基督教清教徒的传统。他辨识出他们的信仰，他们也了解他的信念。

为了能够在山顶圣殿安然生活，约瑟夫以淡定超然的心态平抚了内心愚蠢的躁动，以乐观高涨的情绪来涤荡他仓促不安的念头。麻痹的身体将他紧紧缚住，但是，乐趣无穷的逸事将会为他的生活弹奏出轻快的乐章。他为死而复生的梦想惊骇，在惊恐中尖叫。这梦想留意到黑暗女神赫克犹巴的存在，并与其结盟。

他被欢愉守护着，每天都用力倾听、观看、学习。彼得与阿迪以神经反射一般的迅速反应，回击那些不善的凝视，并以男孩子们常有的调皮态度对待约瑟夫，反击那些怀疑和嘲笑。

第一个星期，约瑟夫颤抖不已地度过，他已经让一切嘈杂声浪平息。到了星期日晚上，他在餐桌前大声宣布新闻，"你们知道吗，我竟然开始向往明天的来临？"在许多墓冢下，那些脑部伤残的同伴正沉眠着。在他们的生命中，灵魂只能喃喃自语着。他们在出生的重要关头饱经磨难，并不奢求什么，只渴望爱的甘霖。如今，约瑟夫可以使他们复生，教导他们——让那些沉眠已久的骨头与他共往，见证那些放逐他们的偏见。

校园生活将许多不同意见驱除，回报以先知赐予的爱意食粮。约瑟夫不再浪费心力于无谓的恐惧，校园生活拥抱着他，将慈爱灌入他的细胞。某些无知的愚民几乎要把他贬为痴呆者，而现在朋友们将帮助他登上高峰。他小心地留意同学之间与日俱增的沟通，将意义从姿势、眼神，以及嘤嘤的哭泣声中提炼出来。

学校的老师并不娇宠约瑟夫，总是留给他排山倒海般的作业。虽然他不用再忧惧着做功课，但完成作业还是一个严苛的考验，这意味着约瑟夫不能仅靠心灵的沉思来消化知识，他必须用实际行动来完成作业。他使劲收腹，用力地来回摆动他顽固的头颅，让安装在头部的尖角敲击键盘，将一个个字母喂入纸张。打字时，他如同一头与母亲失散了的幼驴崽，鲁莽地犯了错。母亲守护着他的头，但是，他的心灵却在绿草如茵的旷野中来回奔驰，在险滩与急湍之间摇曳。他听到自己的名字被呼唤，就震颤不已。他母亲将其称之为痉挛。

倾吐而出的文字铺展于约瑟夫的思索之途，使他狂乱，他弃绝了年幼的无助。这就是约瑟夫的独到之处：将文字灌入生命的纸页。他双手垂在身边，用不断点头的动作将一个个字母植入他长满胚芽的圣堂。有时，他的头会垂落回肩头，如同一个婴儿落入母亲的怀抱。这时，母亲便要与自己的感情交战，她非常明白他的苦厄与创造。通过母亲扶持他的双手，他明白她的战役与自己的相同。他在她的怀抱中，在她沉默的凝视下，将自己困于茧中的生命感受通过文字悉数吐出。她读出个中况味，而他则感到自得。

现在，他称之为游乐场的地方就是提供给他友爱的山顶圣殿。他感到火光如炬，热情正在他的心底燃烧。他如同深海中一只追索着血味的鲨鱼，追猎着友爱的踪迹。同学们深情地呼唤彼此的名字，他的名字开始镌刻于他们的欢乐世界。

在约瑟夫的世界中，绝望销声匿迹，他欢快地面对自己的人生。死亡的梦魇似乎自有其目的，就是要让他不再承受失败的打击，让他得到解脱。从前，他总是低垂着头，现在他能自由地与他人接触交谈，在新生的希望中，他把自己淘洗得更加明澈。他向自己保证，不能让任何繁重的学业影响到他的校园生活，这是每个身体健康的学生都知道的原则。巨大的进步使约瑟夫兴奋得眩晕，他开始在山顶圣殿结交到各式的男女朋友。

这些心地善良的同学到他家拜访。约瑟夫努力不去曲解他们的动机，尽力不怀疑自己之于他们的意义。他们究竟是出于同情心，还是想得到他人的赞许，才与我交好？他努力区分这两者与真正友谊之间的差异，于是，他找到了真正的朋友。

生活在一个快乐的家庭，约瑟夫坚持不懈地写作。他用打在纸张上的文字追溯以往的生命经验，描绘坚定的信念与美好的前景。他还特意用精细的文字来描述一个壮观的噩梦。他看到生命的道路在眼前盘曲蜿蜒，便用第三人称的叙述角度将自己塞入残障男孩约瑟夫·麦翰这个角色的骨架里，描写了他可怜伤感的孩提时代。他化身为讲故事的人，把自己的残疾与生命歧路幻化再现，重现于读者眼前。请深情观看，他乞求着；请感受我生命的局限，他乞求自己哭出痛苦失败的泪水。但是，他最终乞求的是笑声。可爱的朗声大笑征服了鲜血淋漓、伤痕累累的挫败。

约瑟夫·麦翰积极磨炼自己的内在意志，开始实施突击行动。如同笼中困兽，他试着撞破沟通的屏障。他提醒自己用面部肌肉控制表情，经过精确的计算再微笑，把微笑与颔首结合起来。然后，他在1L班男孩和女孩们脸上看到了温暖的笑容，作为对他的回应。

山顶圣殿接纳了约瑟夫，家则成为他演练姿势、模拟声音的场所。练习诸如"妈妈"、"阿达"、"爱娜"，以及笑声等等，同时还要练习呼吸的方法。无情的评论总是打击约瑟夫发声的信心，当他发出声音，常会赢得家人"甜蜜"的评语。

"给我闭嘴，约瑟夫！我们的耳朵可受不了你的吼叫。"在某些时刻，约瑟夫发现他得好好向他的母亲申诉。当时她一边烤面包，一边听着贝多芬的《月光奏鸣曲》。看到母亲沉醉其中的模样，约瑟夫也跟着倾听起来。

听着听着，约瑟夫不禁想用声音来表达音乐是多么平静，多么美好。但是，他的发声破坏了娜拉的平静时光。"嘘……约瑟夫，不要吼叫嘛。"她说。不管是不是关于音乐，约瑟夫还是要好好站稳立场。他要母亲坐下来，看着他。然后，他用手势表达"我不是在吼叫，我是在哼唱"。一抹微笑缓慢地越过她的脸庞，然后，她爆笑出声。当她转过头去，声音隐隐带着哭音，"我很抱歉，下次我会注意的。"但她还是保持向来的坦白，跑回来给他浇了一头冷水，"可我还是会叫你住嘴，你可以自己斟酌着办。"约瑟夫还是继续哼唱，继续"看着办"，将他自己的情感表达视为最自然不过的事情。

这群少男少女点燃了约瑟夫·麦翰的生命之火。在学校，他们帮助他行动，推着轮椅从一个课堂到另一个课堂；他们帮助他忽略那些可憎学生将他视为无用之人的态度。"别在意他们，约瑟夫。"他的朋友低声劝慰，从轮椅的口袋中拿出纸巾，为他擦去嘴角的垂涎。这群活泼的朋友总是簇拥着他：彼得·尼克拉森、诺拉·拜伦、法兰克·雷恩、诺尔·卡那凡、路易斯·希金斯、罗丝玛丽·泰伯林。这群兄弟姐妹一样的同学热烈希望 1L 班的二十八个学生都能接纳这位忧伤的伙伴，虽然他看起来没什么用处。

日子一天天过去，那些对约瑟夫侧目的学生也愈加胆大，挑衅的声音越来越高。他已经习惯了自己成为议论的中心。那些学生公然讨论他的残疾，甚至还以为他根本不明白。他们故意要当他不在场一样谈论他，想知道这个残废男孩是否垫着尿布，还要看个究竟。他们还说他智力低下，给他挑了一堆标签来贴，例如怪胎、废人、傀儡、心智残障者等等。他们认为他不应该在一个正常人的学校里，准备把意见反映给老师和校长，而这些小鬼还一副天真无邪的样子！约瑟夫摆出呆傻无知的样子，静静地倾听其他学生怎么评论他。有时，他会突然有所反应，将头抬高，狐疑地看着他们。但这都没用，他们只会对他讪笑不已。

学校的日子如同蘸了蜜糖，不像有些寓言故事喻示的，并非每个人都会招惹无助的孩子。约瑟夫看到法兰克发怒的那天，他才深知何谓真正的友谊。当时是课间休息时间，约瑟夫和法兰克在一起。距离他们不远处，一场热烈的讨论正在进行。不用说，约瑟夫正是被讨论的中心。法兰克认为，约瑟夫无论如何都不能受到这等伤害。他握紧轮椅的扶手，朝着那群嚼舌的家伙直冲过去。那些人吓得迅速作鸟兽散。但是，他们一点都不明白法兰克看似愚勇之后对他们的警示。

到了外边，法兰克坐在草地上，看着约瑟夫，"你觉得如何，约瑟夫？天哪，我真想给他们每个人的屁股一顿好踢，但那又有什么用？你无法将道理灌入蠢货的脑中。他们以为自己是正常人，但这些蠢蛋根本看不到自己肚脐眼之外的地方。天哪，我真该把他们揍得屁滚尿流！"

约瑟夫一点都没受到伤害，法兰克一心维护他的情意却让他高兴得扭动身子，咯咯笑个不停，他想让法兰克忘记这些鸟事。在约瑟夫幼小的生命中，他已经懂得遗忘足以对抗粗暴的言语和轻佻的行为。

没过多久，法兰克将自己的发现告诉了约瑟夫的朋友们。彼得·尼克拉森将整个事件作了个总结："让他们死一边去！等着吧，约瑟夫，我们会让那些被眼屎糊住目光的家伙们开眼。"约瑟夫本来想额手称庆，但朋友对他的情意却让他哽咽不已。

对这个残障孩子而言，生活本身就是一连串的锤炼，约瑟夫决定不让自己被击倒。他面对的每一天，仿佛都被命运祝福。学校生活在他的计划中自有分量，但是，写作也是他深切关注的领域。虽然他还是个孩子，但他需要一种方式来表达被深埋、被束缚的情绪。被一群油头滑脑的捣蛋鬼当成一个傻孩子，他下决心要在他们的轻佻游戏中大获全胜。

　　学校的时光一天天过去，约瑟夫的自传也有了进展。他慢慢把自己的秘密注入打字稿中，试图将一位残障少年从无底的深渊中解救出来，让残障者心灵的痛苦随风碎散，重拾昔日的信仰。他发觉这些信念已经悲惨地摇摇欲坠。他表达出对上帝的怀疑，认为上帝被痉挛者困扰。然而，他让光荣归于光荣。由于新朋友的抚慰，约瑟夫得以用崭新的目光来审视上帝。当上帝犹疑不帮忙时，他就是个凡夫俗子；当人们迟疑着试图帮忙时，他就是上帝。

　　约瑟夫绞尽脑汁，与他的肉体搏斗。他缓慢地将精雕细琢的文字打在纸页上，竭尽全力，承受着巨大的苦楚，将他深感恐惧的过去镂印下来。这样，他能够从容地迎接未来。赢得友情的战役已经够累人了，还要从自己伤痕累累的心灵深处挤出文字，这是更加令人疲惫不堪的工程。他感到万分疲劳，但并没有被击倒，将自己的注意力集中在痉挛协会文学大奖赛的截止日期上。他的诗曾在往日为他赢得文学特别奖，这一回，他想拿自己的生命史来参赛。来得及吗？他想着。会写得足够好吗？他担忧着。承受心灵深处的拳打脚踢，他挤出哭号之音，写出自己的生命故事，叙说那个疏离、异样、寂静，令人觉得如同穿着紧身衣生活的世界。

　　到了报名的最后一天，约瑟夫打出他生命故事的最后一个字。但是，他又碰上另一个问题——邮政罢工！这差点粉碎了这个十二岁男孩的希望。幸好，有个在机场工作的热心人愿意帮助约瑟夫。约瑟夫的邻居帮忙将信件带到都柏林机场——那个热心人工作的地方，并由他请托 Aer Lingus 航空公司的班机将这封邮件带到伦敦去。不知道该如何感谢这些人，约瑟夫只好不停点头，模仿发出"上帝保佑他们"的声音。

如今的少年好事不断，朋友变成他的死党，学校的生活也更加轻松舒畅。校长约翰·麦蒂考特先生得到的回馈无以数计，他最企盼的愿望已经成真——坐在轮椅上的学生只是一个普通学生，并不更特别，也不更让人瞩目。

总是穷尽心力来做自己，就这一点而言，约瑟夫比任何人都快乐。他的死党喜欢与他倾谈，他们之间有了心灵感应，实现双向沟通。朋友们已经学会同这个沉默孩子交谈的秘诀。他们会把一根手指放在他的下巴处，乞求说："抬起你的头来，不然我们怎么跟你说话？"这一点都不足为奇，他们得到了回应。对他们而言，要解读约瑟夫的眼神是再自然不过的事了。他们是他的生命线，是世界的化身。当沟通日益顺畅时，大家知道约瑟夫就像身体健康的孩子一样渴望冒险。探索大千世界的渴求在他体内蠢蠢欲动，尤其现在，他知道可以借助朋友的帮助跨出门扉。他们用手捂住他的嘴巴，盖住他兴奋的喊叫和笑声，帮他压制过于紧张的反应。在约瑟夫安静之后，他们会一起躲开同学、老师，甚至校长的目光。

在约瑟夫崭新的世界里，驳杂纷呈的爱意源源不绝。这些与他交好的男孩和女孩都是想象力丰富、态度热情（但不乏味)、谦逊而诚恳的人。他们对约瑟夫信心十足,对那些嘈杂的低年级学生喊着:"滚到地狱去,你们这群无知的欠揍虫!"

男孩终归是男孩,无论他是否残障。约瑟夫像每个正常男孩一样,观察着他的每位老师:他们的风格、爱心、教学技巧,以及投入工作的热情,展现师道尊严的渴望。他看到老师如何教导一群十二三岁的孩子。这所学校男女不分班,所以,他也看到老师如何处理性别之间的龃龉,了解学生高亢的情绪。他看到男生尝试着要赢过女生,也看到女生挑战男生,希望他们成熟一点,做适合自己年龄的事。仿佛要打破男生自以为是的幻觉,这些女孩们的成绩总凌驾于男孩之上。老师很少在这场对峙中站到哪一边,他们只是带着兴味,旁观这些孩子在年少岁月中发展彼此的友谊,加深相互的理解。

山顶圣殿的现代式建筑都只有一层楼高,屋顶设有平坦的漫漫长廊,在校园中绵延不绝。第一道走廊涂以金黄色,第二道走廊染上紫晕,第三道走廊则饰有草地一般的鲜绿色。孩子们的狂乱活动让克伦威尔的破坏性显得不值一哂,而这种颠狂带有漫画色彩,没有历史书籍的严肃。

在山顶圣殿的走廊上独自凭吊,虽然还是有些心底发毛,但约瑟夫的轮椅与内心中已不再栖息着恐惧。他感觉自己宛如归乡,与所有肢体正常的学生分享喜怒哀乐。然而,在这个伟大而欢乐的学校中,冬天还是寒彻骨髓。他健康的身躯无法迎战刺骨的寒意,寒冷散布于他的四肢百骸,双脚犹如千斤重。到了午餐时间,他俨然变成一座冰冷的石膏像。幸运的是,伟大的神恩让人听到他血液流动的减缓。

在一个寒冷的三月天，母亲带约瑟夫回家去洗手间时，察觉到他的四肢冰冷得非比寻常。"你一直都这么冷吗？"她询问道。约瑟夫用他的信息语言解释说，首先是足部冰冷，然后寒气进驻体内。第二天，约瑟夫多穿了一双袜子，这足以让他摆脱寒冷的侵袭。不再感到冷，约瑟夫开始以"天塌下来也没我事"的态度面对这些走廊。

春意在荒凉的风景中投下一抹耀眼的亮色，山顶圣殿的四周染上了绿色的生机。春光照耀着老师和同学们，在约瑟夫的心底，他不再感到无望。现在，布谷鸟吟唱着神秘之音，壮丽的色彩加入大自然的阵营，如同艺术系的学生在教室四周展示他们的创作。伟大的作品遍布四周：桌子、椅子等各式家具，这是同学们长期以来精工细作的成果。懊恼自己无法创作出什么作品来，约瑟夫就坐在一边欣赏他人的杰作。在挫败之余，他暗下决心，终有一天，自己要为这段和同学们共同度过的岁月创造出一件作品来。

绿地蔓延在学校四周，这一年总有许多个快乐的周末。六月的玫瑰花即将绽开，牵动着约瑟夫满怀希望的念头，他已经冲破了封闭的生命。他原本怀疑着自己的希望，现在证实自己的怀疑是多余的。原本他乞求的只是些许仁慈，现在竟得到了满溢的爱。面对学校这么多的好朋友，约瑟夫失声惊叹了。

这个学期在快乐明朗的六月天结束了。麦蒂考特先生在课堂上打破了沉默。"请大家注意一下。"他请求，然后宣布了期末考试的日期，还宣布了放假的时间。麦蒂考特先生宣布完毕之后，四周的气氛变得热烈起来，乐陶陶的眩晕感击中了每一个孩子。当孩子们欢呼同庆时，约瑟夫以同志一样的身份加入其中，与他们一起说出滑稽讽刺的顺口溜，说出"滚出学校"、"校长拜拜"、"他可以闪了，去料理他自己"，诸如此类的话。他们故作自大状，看不起每一个人，瞧不起一切。但是，那只不过是惺惺作态罢了，他们被行将到来的假期和假期带来的自由愉悦冲昏了头。

三个月的漫长暑假横亘在眼前。可以自由自在了，约瑟夫回顾他在普通学校第一年的生活，欢呼庆贺着。不再需要定时起床，不需要赶着吃早餐，不需要急促地上厕所。但愿自己能够充分放松。不再必须留在学校一整天，却渴望回家；不会再饥渴交加，看着别的同学啃苹果，嚼饼干，或是喝果汁，自己却只能干瞪眼；不会再无意间撞到某个可怜虫的鼻子，必须让对方谅解他的处境；不再有那些尴尬的时刻——他的手自动撩起女生的头发，或者更糟糕，伸手摸人家的裙子，甚至胸部。在这种关头，雅薇妮的应对之道就是狠骂他几句，要他闪开，"给我滚，你这个不知满足的性欲机器！"

4　缪斯的驿动

约瑟夫充分享受着新获得的自由。学期已经结束了，但是不知为何，他感到有些悲伤。他想念他的朋友们，但是现在，他最期待的是姐姐的归来。雅薇妮在遥远的寄宿学校读书，那个学校在香农河畔。姐姐常常造访他的梦境，现在，她真的快要回家度假了。

　　约瑟夫早已习惯了平和安静的日子，但是当雅薇妮一到家，整个气氛就完全改变。音乐开始震天响，电话铃声此起彼伏，夹杂着咯咯笑声的漫长谈话不时出现，电视频道锁定在流行音乐上，新闻节目只是昙花一现般的点缀。父母坚持要看他们惯常看的、孩子们最受不了的无聊频道。约瑟夫会在观望之后加入姐姐的阵营，并不光是因为雅薇妮需要援助，还因为约瑟夫好不容易听到了自己梦寐以求的音乐，总要听上一听。

　　这就是现实的父母与两个叛逆少年打交道的情形。马修与娜拉深知如今的青少年是多么难以应付。他们看到鲜活的女儿要让她弟弟看起来更正常，就总以对待一般人的态度来对待他。雅薇妮从不纵容约瑟夫，把他当成一个公平的对手看待。约瑟夫被大家赞誉为少年作家，但她预感到他要花好长时间才能再创作出一首诗。于是，她写了一首名为"我的小弟"的诗，为无言以继的约瑟夫打通一条语言的幽径。娜拉在她的枕头下发现了这首美丽而热情洋溢的诗。雅薇妮回家度假，从严格的寄宿学校逃脱，然后，又回到香农河畔的寄宿中学，学校里的人竞相称赞雅薇妮的创作。而在她家里的长枕头下藏着一个美丽的遗留物。

雅薇妮为弟弟终于走出寂静的囚笼而兴奋。她总是可以轻易地理解他的点头、眨眼等信号语言，将他当成自己的对手。当约瑟夫还在写着稚气十足的诗，她就曾写出美丽的诗句。当弟弟被认可为一个诗人，她以温暖的拥抱祝贺他。现在，她与约瑟夫一起静候他的自传风行伦敦。

麦翰全家都在等待。马修是个职业理疗师，本质上却是个淳朴的农夫，常在农庄工作。这么多年来，他一边在圣罗曼医院工作，一边在他家乡的农庄耕种。他工作诚实而努力，经常待在医院里，为病人排忧解难。马修的时间表是一天上班，一天休息，这样可以兼顾农场的事务。

他们这些红脖子农人十分珍视丰饶的土地，约瑟夫总被家人带去亲近那些土地。虽然疲惫，却从没有向命运低头，马修一家经常带约瑟夫同行。当他还太小不能坐轮椅时，他们便将盖着毛毯的小椅子放在亮丽的蓝色轮子上，旁边有雅薇妮和小狗布鲁斯照料着。他们让这孩子和他们一起围绕整个农庄漫步，石楠花总是从岩缝伸出来，出其不意地碰到约瑟夫的头。看到他自尊受伤的表情，他们向他保证会更加小心，让轮子上的乘客能够观察自然，见识这些景观。他们商量着，将孩子抱起来，让他亲近鸟巢、蚂蚁窝和羊群，让他在尘烟弥漫的草丛中嬉戏。当河流经过农庄，约瑟夫被允许在河里踩水玩，他在冰冷的春泉中冻得发抖。在家人的帮助下，他还可以钓鱼。当他们寻找鳟鱼时，雅薇妮伸出手指，示意要他噤声不语。这些都是约瑟夫难以忘怀的童年往事。这一年中，他们在苹果树与金黄色的稻草上玩乐，与小笨狗一起追捕兔子。他们还从都柏林乡野山间的树上采集杂果。但是，约瑟夫并不记得这个地方。他幼稚地认为，只有西敏斯是他快乐的来源，只有西敏斯是他祖先的土地。

但是，残疾总会令约瑟夫感到挫败。虽然他极力奋战，但当他感到恐惧时，他还是禁不住哭了，那是他唯一的一次歇斯底里。

娜拉从不娇宠孩子。生活对约瑟夫而言虽然是必不可少的严苛考验，但她总是让他看到希望，即使没有半点希望可言。娜拉感应到他的挫败，就静默地看着他。虽然还只是个三岁大的幼儿，他却哭出了内心的空洞，仿佛一个成年人。娜拉认为，现在就让泪水流过面颊，总比以后再哭好一些。

就在那天，阳光灿烂地照耀着科尔克利昂。雅薇妮已经回学校了，约瑟夫在他蓝色的床上安睡，如同一幅生动可爱的刺绣画像。娜拉平静地将他弄醒，帮他梳洗之后，让他坐在自己腿上，愉快地帮他换上内衣。他的头突然向前伸，又突兀地缩回来。他面对着母亲，黯然神伤，忙着用眼睛说话。他要她看窗外的阳光，要她听鸟儿的歌唱，然后，他跳起来，要她听外面儿童嬉闹的声音。他让她看他的手脚、他无用的身体。他摇着头，想逼回泪水。他看着母亲，责怪着她，怒斥着她，口中逼出"为什么"的唇形。为什么是我？娜拉感受到他年幼的伤心，试图转移他的注意力。她将约瑟夫抱在怀中，带他到农庄外面。"来吧，我带你去看小羊。"她哄着他。可是，他孤寂的泪水流得更快更凶，他知道母亲要故意转移他的注意力。约瑟夫任性地下定决心，就是不看小羊，他猛摇头，看向另一边。他母亲继续尝试，"看那些羊群啊。"她指向那些正在草地上进食的小羊。看他哭得更厉害，娜拉终于没辙了。"好吧，那我们进屋里谈。"她将他放在椅子上，坐下来，面对着刚刚还是个小孩儿的金发指控者。

约瑟夫继续哭泣，暗自得意自己让母亲放弃哄慰。透过泪眼，他看到母亲正弯腰注视他。"我从未希望过你带着残疾出生，我希望你充满活力，可以跑跳不停，就像雅薇妮。但是，你是你自己，你是约瑟夫，不是雅薇妮。听好，约瑟夫，你可以观看，可以聆听，可以思考。你可以明白任何事，你喜欢好吃的东西，喜欢舒适的衣服。我和你父亲深深地爱着你，只因为你的本然而爱你。"说完，她仍旧呜咽抽泣着。他专心听母亲讲话。她的态度实事求是，而他在旁边哭号呻吟。母亲说完后，就继续做她的工作去了，而他继续哭个痛快。

就在那一天，一个抉择像火焰燃遍他的心。当时他只有三岁大，但是他看到了唯一可见的希望。他是活着的——或者，更确切地说，他以"自身现有的本然模样"被爱着。

那一天，约瑟夫·麦翰内心满怀苦恼与伤痛，但是，那一天发生的事却对他以后的人生具有巨大的转折意义。孩子气的想法，让约瑟夫感到了安慰。虽然他的身体很笨拙，但他被母亲深切疼爱着。他温情地看着自己的四肢，竟然也喜爱上了约瑟夫·麦翰。

约瑟夫喜爱着自己，在日后的生涯中，他的诉苦率降至最低点，尽情享受与家人在一起的快乐。他真正的写作灵感来自于父亲。父亲看着他与苦恼对抗，试了试他的力气之后，认为他尚需锻炼。他听到父亲说："这孩子不适合做一个农夫。"但所幸，父亲是个天生的讲故事能手，虽然他本人从未察觉这一点。他将摇晃不已的孩子放在膝头，给他背诵诗句，吟咏摇篮曲般的韵律诗，还讲些民间故事。约瑟夫沉湎于父亲的记忆金矿。他总是以"你听过这故事没有"起头。故事很短，充满趣味，对于一个年幼的孩子而言则充满挑战性。

他记起那熟悉的场景。"你听过那头小驴子的故事没有?"有一天，父子坐在火炉旁，父亲这样愉快地起头。约瑟夫带着询问的神情看了父亲一眼。接着，马修让约瑟夫转向自己，向他念诵出这孩子有生以来听到的第一首诗。"这是关于一头刚出生的小驴子的故事。"他解释，孩子听着父亲描述那头小驴子的意象——

有朝一日

他的头颅会巨大到

连脖子都支撑不住

他的腿摇晃不已

又长又松弛

这些腿摇来摆去

着实一无是处

　　约瑟夫静静听着，将那头小驴子的意象灌入心底。他看着自己的四肢，头部转动起来。缪斯已经在那一天开始驿动。

　　当马修叙述那些生动多姿的故事时，没人会懂得他心底也在流动着美妙而富于创意的语言。他的眼睛闪烁着藏于记忆深处的故事的光彩。他会借用迷人的情节，将某些奢华的场景注入家人的心田。这就是何以他的孩子会捡选出音乐、繁复的思维活动，以及对写作的热爱。

　　文学从来没有被刻意提及，周遭是一片乡村风景，以动物与农场杂物为中心的自然环境。没有人意识到发生了什么，那些故事的作者与诗人也很少被提及。马修对于历史的态度使他经常提及那些不被记得的名字，那些被历史埋没的爱尔兰诗人：法兰西斯·雷德威、帕德拉克·克尔温、约瑟夫·马利·普恩克特、威廉·阿林翰、叶芝、佩特雷克·雷德威。马修能够轻而易举地提及世界大战的事情，但是要给他机会，他才会提到法兰西斯·雷德威。

观看着，倾听着，沉默的约瑟夫用他孩子特有的幼稚动作祈祷，希望天父能够帮他的忙。你可否让我使用这双手？他乞求着，稚气地伸出他的左手。他希望自己能诉说出心中所想，他内心的恐惧滋养出绝望的休止符。但是，尘世的生活——是的，尘世的生活——从未听到过他的哭喊。上帝看着他的左手，推论说他离能够自由表达内心深处秘密的阶段，还有好长一段路要走。被失望嘲笑，约瑟夫用玩具摩擦他的手，或是将手伸给小狗舔玩。

年轻的约瑟夫一直梦想着，从黑暗女神赫克犹巴那里得到美好的喜悦。青春训练着他，帮他将内心的诗句化为外在的形式。死去的梦想从脑海涌出，新的念头又制造了未来的梦幻。

于隐秘处绽放的花儿在约瑟夫的心底摇曳，他把头从枕头上抬起，用生命的美好来催眠自己。想到了从父亲那里获得的甜美诗句，他沿着南北战争中同盟军和南方佬的行进道路前进，天真地赞颂勇气——

老迈的芭芭拉·弗里西站起来，

向她漫长的九十年人生鞠躬。

她是整个费德利克镇最勇敢的人，

"如果非得射击不可，就射这颗灰白的头颅吧。"

"但是，请放过你国家的旗帜。"她说。

从费德利克镇，他的心思跳跃漫游到罗马，倾听着——

铰链嘎吱作响，

正当一匹马前来收集，

矗立着凯撒大门的那条大路之石。

当他想到白雪，这个孩子会把头埋在枕头下，回忆父亲是怎么说的——

再没有更皎洁干净的东西，

白雪降入夜晚，

那不正是足以欢天喜地在床上蹦跳的事情？

你将会发现整个世界一片雪白。

这是一首永志难忘的小诗。主题鲜活，可以用来吟唱，让口腔活络起来。

马修·麦翰总喜欢沉湎于令人屏息的美好思绪中，字眼从他的工作器具中冒出来。当他受困于辛苦劳作的世界，他只为了些许的缓解而唱，从未想到自己的荒腔走板会给孩子带来好处。约瑟夫从小受到父亲的熏陶，但并未想到自己的博闻强识竟会酝酿出一只鲜翠色的鸥鸟。

约瑟夫·麦翰即将冲破他的沉默帷幕，但是，就连他的父母也没有察觉到。他在父亲的诗歌流域中漂荡返转，还无法把自己的创作书写出来，只能够抚育着这个秘密。他的父亲并不生疑，只是以为友谊让他的孩子更接近正常的世界。约瑟夫喜欢他的朋友们，但再没有比父亲搞笑的时候更令他快乐。每当清

61

晨到来，马修将儿子带下楼梯，约瑟夫就会听到某个声音询问
着：

> 又是另一天的殷蓝破晓，
>
> 想想看，你难道就要让它徒劳流逝？

　　但是，当他走到楼下的浴室，他的思想又变得粗鄙起来。
马修会将约瑟夫放在马桶上，为了让他放松，他会说：

> 我要告诉你一个，
>
> 真实的故事。
>
> 某个老头死去时，
>
> 他的肚子竟是蓝色的。
>
> 我还要告诉你另一则，
>
> 可靠的真人真事。
>
> 如果你不按时排泄，
>
> 你的肚子可会爆炸哟！

　　然后，他会跟儿子一起欢笑。

5　八脚小马

正是圣诞节期间，幼稚男孩精心编织的礼物还蛰伏在他深藏不露的矿坑里。约瑟夫狡狯地紧握着自己的秘密，虽然偶有犹疑，但是信念却让他紧执不放。

流逝的岁月吹出七彩的肥皂泡，但是泡泡一旦爆破，就不留存任何痕迹。父亲想为他残疾的孩子留下历史的足迹，于是把爱意灌注到尼龙线中，编织成诗意盎然的画作。

在约瑟夫受困如茧的生活中，雅薇妮总是把弟弟推往要命的目标。当弟弟生病难受时，她会细心抚慰他。但当他好起来之后，她就给予他如临地狱般的待遇。她从父母那里得到一匹康纳马拉种的小马作为生日礼物，就对弟弟挑衅道："这下子我终于不用跟你分享啦！"当时她七岁，他五岁。两个孩子看着幼马长成小马驹，又目睹这匹小马驹成为一匹美丽的赛马。雅薇妮的身体健全，很快就学会骑马。她骑着小马，坐在闪耀发亮的马鞍上。约瑟夫则呆坐在他紫色的椅子上，两腿盖着红色皮毯。他根本无法起身，只能对着姐姐皱眉，现在，她抢走了他身处舞台中心的光彩。

　　数个星期之后，雅薇妮愈发自信。她骑得越来越好，跳栏方面表现得更优秀。弟弟并不想永远观望。约瑟夫对着自己残障的身体点头，雅薇妮才不理他，直接从他身边骑过去。他一再地呼唤，可她连眼都不抬一下。他本想放弃了，显出受到伤害的样子。雅薇妮下一次经过时，他低着头，问也不问她。她骑到他身边喊道："好吧，小鬼！我让你骑一次，就这么着。不过，该下来时，你就必须下来。否则喊破喉咙也白搭。这是我的马，我的马，听懂没有？"真正的战争结束了，他觉得只要自己能够坐上马鞍就可以骑马。娜拉听见孩子们的谈话，也听见雅薇妮给弟弟立下的规矩，马上跑去把马修找回来。约瑟夫的父母设法让他们的孩子如愿以偿，他们把这个残障孩子抱上光滑的马鞍，各自扶住他的一条腿，抓住他的一只手，让他保持平衡。约瑟夫点点头，示意自己已经准备好了。马修问过了小马，就上路了。

　　虽然并不太惊险，但约瑟夫是个好强的孩子，最怕的就是失败带来的伤害。他的生命处境让他害怕失败。现在，他就在这匹康纳马拉小马的背上。它外形健美，银灰色的鬃毛落在约瑟夫的鼻尖，双耳挺立在约瑟夫眼前，它的呼吸将他心中的往事吹拂而去。娜拉和马修从两边拉着缰绳，他们的力量将小马引导在正确的路径上，小马和父母一起缓慢前行。约瑟夫感到不满足，他想要让它加速。他拉起缰绳，在父母来不及反应时就要快马加鞭。马修与娜拉担心孩子的安全，赶紧跑到小马两旁。而约瑟夫坚持要让小马加速，他以勇敢的无知催促着他们。收到约瑟夫的狡猾的信息，没有争论的时间，他们只好让小马跳跃奔跑起来。

这仿佛长了八只脚的小马如同飞驰在云霄，男孩紧抱住它的脖子，小马和男孩仿佛经历一场尼斯湖的冒险。在备遭剥夺的人生中，饥渴的男孩终于品尝到了喜悦的果实。

那一天，每个人都得到了收获。马修和娜拉懂得了要放松他们的保护，让孩子的冒险精神得以发扬。雅薇妮涌现出了爱心，明白了弟弟不是被残障击倒的弱者。满怀喜悦的约瑟夫也学到了一课：不需要再鞭策那匹可爱的小马，他的确可以把自己变成一个骑士，是小马温和的心地让他拥有这美好的一天。

一提到船，娜拉就忧心忡忡。但当马修宣布，要自己动手造一艘船，她反而笑开了。她非常清楚自己没什么好担忧的，坐在由自己丈夫造的船上，将成为她绝无仅有的经历。她不时地会听到马修喃喃自语，"你不觉得，那东西我自己也能做吗?"她会回答说："哦，那你可以在造完飞机之前先来做这个东西吗?"马修的心中充满发明创造的冲动，但要他完成自己的设想，那可是另一回事。

娜拉迅速把造船的事情抛诸脑后。但有一天，她去穆林格逛街，做完头发回家时，赫然发现马修并不是说着玩的，他已经把海滩清理出来了。一天娜拉开车在路上奔驰，她总觉得有一棵高大的树木在视野中消失了。她知道自己很清醒，知道自己看见了什么。但是，当她看到丈夫胆怯而汗流满面地笑着，就知道最可怕的事情已经发生了。娜拉尽力冷静对待此事，她劝慰自己：毕竟，要从一棵砍倒的大树发展成一艘可以入水的船，还有好长一段路要走呢！

马修将树砍成许多块。娜拉帮忙把木块排整齐，同时还要隐藏自己的忧惧。胸有成竹的马修前往穆林格，将木块裁切好，让时间将木块打造成恰当的形状。马修给每一块木材涂上防腐漆，他已经完成他的丰功伟业了，将自己的工具一字排开。接下来，如同一只待产的母马，他等待着时机成熟。

那艘船正式动工的月份是五月，天气也经过了审慎的评估，这是五十年来气候最佳的夏天。胆大的马修逐步开始了他心目中的造船工程。每过一天，船只的造型就更为明晰。马修与他唯一的观众聊着，关于他要怎么做，为何要这么做，还让约瑟夫看每样器具的功能。虽然敲打的声音不绝于耳，但安静的气氛仍然驻留。父亲总会愉快地唱起他熟悉的歌，念诵他所记得的一切辞句。唱累了，他就会谈起可怕的太阳热度，或者抛出一些俏皮话：

　　克利斯·马格利想对着火炉小便，

　　可火实在太旺，他只好在锅里解决。

他会粗重地呼吸，手执铁锤，向他孩子丢出狡猾的一瞥，继续贫嘴：

老爷与夫人住在一个水柱里，

老爷拿出了大槌子，把夫人轰出去。

随后，马修立即调整自己扮演的角色，开始念诵最光洁的诗句——华特·史考特的《太古水手之音》。

圣诞节前夕，雄鹿已经喝完了它那一份，

在月光上翩然起舞。

娜拉为造船人和他的小帮手送来冷饮和食物，以解决他们的肚子问题，带来的常常是令人心旷神怡的饮料和营养丰富的三明治。当这个作品逐渐成形，娜拉禁不住用怀疑的眼神欣赏着。马修一边坐下来吃东西，一边深情地看着他的杰作。吃完后，他抹抹嘴，又立刻回去工作。

船的形状犹如美丽的香蕉，现在缺的就是船桨。所有的工程都已经完成，这位"造船艺术家"开始涂抹油漆。马修选择灰色作为船体的主色，他一点都不担心失败，坚信灰色在水面下看起来比较顺眼。

伟大的首航终于开始了，承载着一个男子梦想的船即将启航。但是马修需要一个船员以防万一，于是他找到了年轻的帕特·厄利。一切就绪之后，令人期待的启航就要开始了。

在这艘船正式下水那天，麦翰家人和邻居们都前来凝神观看。船的目的地是位于布欧尼的某个可爱港口。他们小心翼翼地对待这艘船，将它弄下了河。马修迅速上船，水却淹了进来，他要帕特赶紧处理好。帕特迅速地把水舀出。"你准备好了吗？""水手"问道，约瑟夫忙不迭地点头。马修将船划向河岸，把坐在椅子上的男孩抱入船内。

娜拉和雅薇妮紧张地关注着马修的初航。帕特尽力划动，马修得以顺利启航。约瑟夫的轮椅正好卡在椅子之间，他的金色头顶冒了出来，船将他载远。船员们不禁对眼前的光景感到自豪，将他们长达十四英尺的可爱船只猛力划动。

聪慧的娜拉隐藏起对丈夫技术不信任的念头，声称她需要留在岸上，免得万一这群水手需要救援时，没人可以提供协助。她表示，总要有人留在岸上领取保险金——如果发生意外。但是，马修充满理解与爱意地宽容她，因为他非常清楚她有恐水症。

农庄生活需要持续不断的活力，马修·麦翰总是努力点燃生活的火花。但是，无论父亲在不在家，生活总得继续下去。约瑟夫目睹父母合力创造的成绩，心中温暖。马修必须在医院值班时，娜拉的任务就变成双份，得同时照顾家里和农庄。厨房的墙壁尚待清理，还要挤牛奶，喂小羊，清理家畜与羊群。娜拉常常边工作边与约瑟夫谈天，告诉他目前的工作进度。"那只可恶的老母牛差点喷出一大滩牛奶。"她得留神突发事故的发生。他明白地点着头，非常清楚她急着要完成农庄的活计，好回家处理家务。

在那些得到救赎的时刻，约瑟夫充满了孩童特有的创造力。

他坐在厨房里，将娜拉为孩子们画的那些图画把玩出有趣的花样。他想象自己骑着扫把，追在黑袍女巫的身后。女巫的尖叫声唤起了他的叛逆之心。扫把上还骑着女巫的黑猫，但是她恶毒的笑声扫除了他寄托于黑猫身上的幸运。他喃喃地下指令，把女巫的嘴巴捂住，祈祷黑猫为他的探险带来好运。

下一幅画关于一只灰色的大象。那是一幅巨大的画作，将大象被关在动物园的场面真实再现出来。娜拉的画描摹了这只巨大动物的每个细节，但它并不仅仅着眼于这只动物对于伤害的记忆能力。

农庄的厨房仿佛是一个驿站，连接着房子主体部分、家人和农庄里的各种动物。当约瑟夫向挂在厨房干燥墙壁上的画作，投以深长凝视的时候，他感受到了失败的况味。那些画直接贴在墙上，火炉上方是一个骑着扫把的女巫，横跨过月亮，如同一抹乌云般飞过，她是阴暗邪恶的化身。另一边，灰色的大象从墙角凝望着他，与有关上帝的"神圣之心"刚好在同一面墙上。当那无所不知的全能上帝凝望着约瑟夫时，他移开视线，看着自己的灰色白头小羊和父亲的拖车。他想躲入其中，或从其他画作中看出兴味来。他欣赏着那只小羊，忽略了有关上帝的那幅画，执著于回忆他选择这只小羊的情景。

那是马诺斯的集市日，娜拉与马修带着约瑟夫去逛集市。他们买下五只小羊，约瑟夫抢在姐姐之前，不断示意要那只灰色的白头小羊。雅薇妮放学回来，知道约瑟夫抢得先机，只是说："那只小羊好可爱。它的颜色既不是灰色、蓝色，也不是红色。"他继续故意避开上帝之瞳的凝望，看着马修的红色拖车。他想起自己坐在轮椅上，欢喜地上下涂抹着，让父亲握着他的双手，把拖车涂抹成红色。他以为能闻到柴油的味道，能感受到拖车运行时的活力。透过水壶冒出的水蒸气，他反复看着其他画作。现在，我该看向哪儿？男孩沉思着，他穷尽一切，希望自己能避开那双可爱的眼睛。他只有一堵墙可以看了，当他抬起头时，看到的就是绘在上方的十字架。

好几次，他都转头避开那堵墙，现在他终于放弃，看向那双眼睛。他表达出一个受困少年的疑惑：当我离开此地时，我该如何是好呢？他用力地挤出话语，认为上帝应该懂得无声的唇语。他不停地问着，并不期待有任何一丝抚慰。当我到达都柏林的中央复健中心学校，将会发生什么呢？如果到时候没有任何人懂得我的表达方式，我又该怎么应付？老师会如何看待我？我很害怕，你在倾听吗？不要光只是看着，说点什么吧！我好害怕，害怕自己的生命，因为父亲、母亲，甚至雅薇妮都无法分秒陪伴着我。我将要独自面对这一切，我的头将会前后摇晃，我无法言语。当我恐惧时，我甚至无法抱住自己。上帝，如果你是我，是否也会害怕？

6　刀俎为用

科尔克利昂的冬日非常美好。对于小孩子来说，耕作很有趣，但是做农夫可就辛苦了。这是在农庄的最后一个冬天了，麦翰全家正要迁往"大烟雾区"，红脖子农人将要遭逢茉莉·马龙。这都是约瑟夫的错。倘若他来到世界时的姿势是让头先出来，科尔克利昂的孩子们就能够享受美好的气候了。但是，他决定在母亲的肚子里横躺着，这就是自找麻烦。他不只横躺着，还大咧咧地仰着。他并不想到这个世界上来，但命运决意让他来。他必须被人用刀子从子宫里挖出来。私底下他已经选择了死翘翘，但是命运可由不得他。

　　关于死亡一事并没有秘密可言，约瑟夫相当明白，他毕竟曾颤抖着在那儿打了一圈转。他在诸神那儿停留了两个小时，但是生命把他召回，用刀子将他挖出来，让他得以解放。

　　由于约瑟夫的"横行"，婴儿时代他就得被细心呵护，因为即使伤残如他也都应得到生命的机会。历史和众生都劝说："最好还是死了吧！"每当母亲听到他那挫败的哭声时，都真想让他跌入深邃的幽谷。但是，娜拉决定像对待平常人一样对待他，珍惜他的智慧、他的眼神和他青涩未熟的果实。只要给予他时间和家人的关怀，那涩果终将长成鲜红的甜果。

娜拉悄悄地去询问专家。她抱着约瑟夫来到都柏林的菲兹威廉街，安静地走到九号，与希拉恩·贝利医生会面。医生安静地倾听着一个母亲的叙述。孩子出生时，一切都不对劲，得动两个手术来救她的命。第一个是将她的孩子取出来，第二个是救她自己。这就是她必须前来拜访贝利医生的原因。

通过观察与倾听，蓝眼睛医生了解到一个母亲对她孩子的良苦用心。他看到这个好奇的宝宝看着自己，看着诊所里的一切，虽然宝宝并不明白这一切是为什么，他母亲正在说些什么，毕竟他才一岁零五个月。

发现这一点，医生便聪明地与宝宝玩起游戏来。他先对着宝宝的眼睛吹气，当约瑟夫感觉到他的呼吸时，便聪慧可爱地闭起眼睛。当医生没有真的吹气时，约瑟夫就睁开眼睛，想知道是怎么回事。这个可爱的游戏让约瑟夫显示了自己的聪明——医生同意母亲的观点：这孩子的智力是正常的。于是，这位勇敢的医生告诉母亲该如何对待这个孩子，告诉她关于中央复健中心的事情。他认为这孩子可以在那儿接受生理治疗、语言训练、专注力训练，还可以学一些必要的课程。

至此，这个忧郁男孩得到了受教育的机会。他并没有感觉到家庭为他的倾囊付出——他们需要因此改变整个生活方式。

那些在河边石滩戏水、看着牧羊犬守护羊群的日子将要结束，约瑟夫再也无法见识到巨大的机器饥饿地吞咽着棉花，制造出麻布的情景。他孩提时代的回忆即将告终，都柏林正呼唤着他，要他去上学。

科尔克利昂的天气过于单调，到了都柏林则是一片乳蓝色。农舍就在他们身后。没错，这些作决定的日子充满艰辛，但马修与娜拉从未被脆弱的畏惧击败，从未退缩，也不要求上帝将他们脖子上的枷锁松开。现在，仓促的行前准备将惨淡的未来与美好的期望融为一体。

当麦翰一家来到都柏林，天然气取代了煤气。沙利、柏利提，还有大胆可爱的爱尔利一家都已经不在身边了。新的邻居来去于克朗塔夫，没有人思念他们，没有人真正认识他们。

时间是这个繁忙大都市的精髓。都柏林呼唤着确定性，吐露出诱人的地名，治疗了科尔克利昂人的孤寂。麦翰一家自立自强地安顿下来，开始筹备上学的事宜。他们依旧保持喜悦的心情，设法减轻眼前的忧虑。

约瑟夫相当熟悉克朗塔夫。从孩提时代起，他就在威尔农大道的复健中心就医。每周三次，他都在这条"银河大道"上前行，到中央复健中心接受生理治疗与语言训练。家人在复健中心附近买了新房子，好让约瑟夫就近上学。

约瑟夫与治疗师克利欧纳·格拉温首次碰面后，原本忧虑不会被理解的心情得到舒缓。他让治疗师观看自己的信号语言：点头、眨眼、跺脚。她笑起来，明白了他的信号，然后，开始测试他的智商。

约瑟夫专注地看着治疗师拿出的智力测验卡，立刻就明白了答案。他乐于享受这些测验，轻松地完成了。后来她终于叫停，而他还想一直玩下去，直到累了为止。克利欧纳·格拉温坐回椅子上，对约瑟夫微笑。他疑惑地看着治疗师，她开始对他说上学的事情，"约瑟夫，如果你没有明显的进步，就得接受我的训练啰。"

学校的创立者有着勇士海克特般的心灵，约瑟夫曾经在复健中心见过她。可有一次教室的门打开时，他并没有认出这位女士。她穿着简单的套装和平底鞋。"午安，古丁女士。"孩子们齐声说。"孩子们，午安。"这位访客微笑着，站着与老师交谈。约瑟夫则目不转睛地凝视着这位威拉利·古丁女士。古丁女士在门口温和地对学生微笑，之后就离开了。她的五官驻留在约瑟夫的心底。真实从她的目光中流溢，微笑从灵魂深处跃出。约瑟夫还记得她的袜子上有一个破洞。

这个在刚上学时因为害怕而哭泣的男孩，现在已经可以和爱伦、爱利克斯轻松谈笑。约瑟夫要求被理解，而他终究会得到旁人的理解。当他终于掌握了自己所学的知识，他满心欢喜。不过，他还在为自己可怕的字迹积极补救。

约瑟夫早就习惯了人们以哭泣耶稣式的慈悲态度对待他的伤残，现在他试图从社会的慈善行动中挣脱出来。他知道别人怎么看待他，他要让这些人明白，这种看法是多么错误。他听到各种说法，有些是他从不想听到的，有些是他并不认同的。他能否让这些人明白，他们所想象的事情从未真正存在过？

这个瘫痪的男孩思索着：我要如何控制我的身体？我被视

为瘫痪之人，但一个瘫痪的人能行动自如吗？我的身体几乎从未停止颤动，我挥舞的手臂让我看起来像个傻瓜。我脸上几乎算是自然的微笑常常无故冻结，让我看起来悲伤又无趣。我有两条不错的腿，但如果我想靠它们站起来，身体马上就会像纸牌一样倒塌。我要如何让别人相信，我双腿的力量其实不输给最强壮的正常人？这些都是男孩约瑟夫关注的重点。除此之外，他心中还存有一种未曾表达过的隐忧。

命运冻结了他行动的自由，却在耐心倾听着他的思想。命运之神是在为实现某种目标穿针引线吗？他苦思冥想要找到出口，命运能否为他引路？

既然手写不行，打字似乎有希望。打字机可不是玩具，为了证实自己的神智清明，他必须能够熟练使用打字机。多年来，他逐渐能简单地使用打字机，但命运不许他用点头的方式来打字，这样的挫折几乎毁灭了他的希望。他无法依靠点头打字了，严重的痉挛让点头这个动作变得支离破碎，每动一下都会影响到他全身的平衡。

伊娃·费兹帕特雷克这几年来尽力让约瑟夫能够驾驭他的身体。她对其讲述她所知道的一切，关于脑部伤害及其后遗症。关于这些，这个男孩都明白，但是，他所能做的就是用力凝视她诚恳的双眼，将自己的决心灌注进去。

"没错，你应该办得到，约瑟夫。"当伊娃来接她的打字课学生时，她充满信心地说。去教室的路上，这位年轻的老师与残障的学生相互交心。伊娃说着，约瑟夫耐心地倾听。当约瑟夫也想说话时，他会注视伊娃的眼睛，用唇语表达。

伊娃的房间四壁用各种图画布置。她看上去开朗而友善，内心却为这个挣扎着打字的学生感到伤痛。她的工作方法之一是让学生放松，所以，她会聊些有趣的事情，帮他减轻压力。聊天会一直继续下去，但当约瑟夫看到老师将巨大的镜子移向打字桌，他明白感觉像在健身房里训练一般的课程就要开始了。

他们一起努力。男孩像是困在沙滩上的鲸鱼，奋力要让残障的身体行动起来。他的头施加给打字机的每一次动作都让他的身体匍匐前倾。伊娃托着他的下巴让他放松，"接下来，打另一个字母。"男孩与年轻的老师一起努力，打出伊娃想要的字句。忧郁男孩对他的老师敬佩得五体投地。而她竭尽全力，要让他的头部动作与打字机的节奏协调一致。

但是，伊娃·费兹帕特雷克没有把握让约瑟夫冲破这个黑暗之谷。约瑟夫的母亲已经放弃希望，认为打字课对他没有帮助。她在打字机上盖上布幔，将它挪走，由于挫败而感到受伤。她的确并不知道，她儿子在打字机前那种毁灭性的抽搐，就好像使徒西蒙正在探触约瑟夫陌生的潜能领域。她并不知道伊娃让他的脑袋起了作用，科学将要与他并肩而行。现在有一种新的药物，可以让男孩的抽搐得到缓解。虽然他只能服用微小剂量，但已经开始感受到一些细微不同。这管小小的药剂似乎没有太大作用，但是它为约瑟夫与伊娃的学习时光埋下希望的种子。

现在，他相当确定自己将会成功，这样的心态带来自我鼓励。这种鼓励相当彻底，仿佛有个人决意推动着他。他的信念来自于自己，而他疑惑这样的信念究竟是怎么出现的。他本以为，经过漫长岁月中的不断打击，如今自己应该已感到绝望；但是，某种启人心智般的声音却告诉他：你正要突破。这如同一记猛拳帮他冲断锁链，让他发声。

在这段时间里，命运的力量也正施加在伊娃身上。她从来没想到过会听到约瑟夫发出"乐音"。她从镜子里看到约瑟夫避开她的视线，挣扎着敲击正确的按键。他想要考验自己，这是某种赌博，但是他必须确定自己稳操胜券。

呼吸得轻缓些，让身体不那么颤抖，约瑟夫将自己的下巴搁在伊娃的手掌上。他甚至注意到她身上散发的香水味，但是他没有看镜子。也许今天不会有进步，他取笑自己。但是他错了，大错特错，让人兴高采烈地错了。确定的喜悦从他身上发射出来。没错，他可以打字了！他可以自在地敲击键盘！当他看向镜子、与她的目光相对，他微微地笑着。伊娃一直观察着他。他回看她的脸庞，想要得到她的回应。但是她优雅地推着他的轮椅，从走廊进入其他教室。

娜拉并不知道这个伟大的胜利，约瑟夫没有告诉她。忧郁男孩克服了自己的身体障碍，但是他保守着秘密只让自己知道。

"麦翰太太，你看过约瑟夫打字吗？"天真可爱的老师询问娜拉。"没有，伊娃。他大约已经有一年半没有在家练习了。"娜拉确定不疑地回答。伊娃微笑着表示了明白，继续问："你能不能下次上打字课时，来观摩他上课？""没问题。"娜拉同样毫无心机地回答，"你什么时候再给他上课？""下星期三的下午两点十五分。"伊娃回答。

娜拉坐在一旁，看到约瑟夫的身体出现痉挛，脸上冒出汗珠。他要试着让母亲看到他能够做到的事情。她并不感到意外，她明白这一点。伊娃建议说，也许娜拉可以代替她，将约瑟夫的头托住。痉挛让他感到僵硬，不过，没多久他就可以放松下来。娜拉照办，用手托着孩子的下巴。然后，他伸展开来，打出字母 e，再将他的"支撑器"转向右边，打出另一个字母，然后，下一个……当约瑟夫完成任务，娜拉明白了，"我知道你的意思了，伊娃！约瑟夫自己掌握了打字，我可以感觉到他寻找字母的意图。"伊娃这个勇气十足的老师握紧拳头，敲了一下桌子，"所以我就说嘛！之前我还不敢真的确定，这下可是真的了。"她欢快地笑起来。

约瑟夫坐在一边望着这两位女性拯救者，她们聊着这个伟大的发现。他愉快地点头，不敢相信这一切，感觉自己好像漂浮在精细丝线织成的翅膀上。他不再感到饥饿，只是紧张地咯咯笑着，甚至不知道该怎么表达谢意。他欢天喜地地穿过走廊，与亲爱的伊娃高兴地告别。回家的路上，他一直对娜拉咯咯笑。

柔弱的约瑟夫刚刚十一岁，在他能够告诉娜拉他是怎么观看世界，怎么在她的帮助下用头打出心中美景之前，隐秘的文字天赋藏于他的内心深处，差点就永远被遗落了。

通过艰难的点头，约瑟夫羞怯地打出生涩的字句、幼稚的文辞，以及脆弱的诗。写作成为约瑟夫·麦翰的个人世界。过去由于脑部受伤，他有好几年的时间无法自由遣词造句，但他知道，有些独眼巨人那样的精灵终将会帮他表达出美好的意象。

如今，检视他的语言能力和他自身，约瑟夫已经拥有取得成功的足够信心。他的写作能力让他获得自信，天真地认为自己可以和其他作家比肩。现在，他正在等待最近一次文学大赛的结果。

约瑟夫感觉到自己可能会在痉挛协会的文学大赛上获奖。他耐心等待着。一天正午时分，他躺在后花园里，疑虑着那部令他自己无法喘息的自传如何能够赢得文学世界的垂爱？

阳光无情地直射下来，但约瑟夫以特有的自得笑着。透过眼帘，他看到海鸥穿梭翱翔，为填饱饥饿的肚子四处捕食。男孩热烈地笑着，牙齿叛逆般地咯咯作响。他躺在命运的铁笼里，内心的声音尖叫着传出大胆的意念。屋里的厨房传出电话的急促叫声，约瑟夫备感忧心。

突然间，雅薇妮站起身，她金色的身体充满活力。"我去接吧，妈。"她跑去接电话。娜拉并没有挪动，依旧坐在阴影中，阅读报纸上的新闻。纸页在她衣服的线条间翻飞，带来些微的光影。约瑟夫的苍白四肢召唤着太阳，他想要晒黑一点，想要跟他姐姐一样晒成金色的皮肤。

雅薇妮在楼梯上喊道："妈妈，是你的电话！痉挛协会的妮娜·贺卡克找你。"娜拉赶紧跑过去接电话，雅薇妮跟着她过去。约瑟夫躺在外面观看海鸥，他暗自与这群飞翔的精灵角力：去你们的！不要在这里炫耀，我残障的身体也可以像你们一样飞翔！一个无助的身体能够反抗命运吗？他能够长出翅膀吗？也许，命运会改变他的心灵，诉说慈悲与丰厚的美——但是雅薇妮怎么还不回来？

"嗨，约瑟夫！你赢了，你得了特别奖！"雅薇妮一边喊着，一边跳下花园的台阶，趴到弟弟旁边说："你这个幸运儿！我一直觉得你会赢，但是不敢说出来。万一有个意外，我怕让你失望。"约瑟夫不断点头。他和她一样，觉得自己会赢，但是不敢告诉任何人。雅薇妮感到他手掌的颤抖，于是换了个话题。"你这个幸运的家伙可以到伦敦去呢！"她说，"可不要买便宜首饰给我啊。"她谆谆劝告："这回应该买金饰。但是，依照我的年龄，银饰更适合一些。"约瑟夫大笑起来，感到短暂的放松。

它们不断地回旋盘桓，这些海鸥，它们飞高俯低。约瑟夫望着它们，压抑着快活的笑声。娜拉回来时，扮演起童话故事中的教母。"他办到了，这是伦敦那边的消息。"她说。约瑟夫从海鸥那里回过神，转过他的身体，用力踩着地面，将注意力集中在美好的前景上。如今他可以跟海鸥一样环顾东南西北四方。"等你听到评委怎么说就知道了，"娜拉热忱地说，"他们将你与乔伊斯、叶芝，甚至狄兰·托马斯相提并论，想想看！但是，你还年轻，你还非常非常幼小。"

约瑟夫非常兴奋，因为过度快乐而全身麻木，因为这好消息而激动无比。他如被催眠一般，被浓浓的爱意笼罩。好消息传来，他疲惫的身心沉浸在玫瑰的芬芳中。他听见母亲和姐姐为了他高兴地谈论着，但是，他却犹豫着要不要加入欢庆的阵营，他残障的身体无法改变。可现在，他沉湎于文学的魅影，他喜欢眼前的情景。

跪坐在地上的娜拉一边兴奋地说着，一边看着儿子。雅薇妮仰卧在沙发上，一直握住她弟弟的手，抚平他身体各处的痉挛。她看到约瑟夫哀求的表情，"妈妈，约瑟夫想要回到轮椅上。"娜拉与雅薇妮将他从毛毯上抬起来，放回椅子上。电话在忙碌中又响了起来。"我敢说，是爸爸。"雅薇妮说着跑过去接听。

娜拉将约瑟夫的轮椅推到厨房里。雅薇妮正在与父亲说话，告诉他约瑟夫得奖的大好消息。娜拉将儿子推到阴冷昏暗的灯光下，将电话从女儿手上接过来，凑到约瑟夫的耳边。约瑟夫听见父亲远远的声音，爆发出狂野的笑声。马修也笑了起来，"真有你的啊，约瑟夫！你是个很棒的孩子，我以你为傲！"然后，他又问："你应该很满意自己的表现吧？"他无法看到孩子拼命点头的模样。约瑟夫抬起头，看到微笑的娜拉，示意她接电话。

悲伤随着海浪逝去，多力山浅滩附近，除了麦翰一家人和一只黑白相间的狗，天地之间一片静默。他们沿着海岸前行，夜间出游以示庆贺。贝利灯塔发出信号，警告水手小心暗处的礁岩。约瑟夫向家人示意，朝着英格兰的方向弯身点头。他们明白他的信号，为他感到欢喜。连他的第二故乡，也似乎在为他高兴。都柏林的灯光在他周围闪烁着缤纷的色彩，诉说着约瑟夫的故事。上帝啊！请原谅我的质疑。他祷告着。像我这样一个愚笨的小家伙怎么会知道，我的祈祷足以让上帝打开天堂之门。

在家人的陪伴下，在黑夜的静默里，他在大海边表达感激之情。心灵的伟大力量将守护者聚拢在咫尺之内，停留在切身可近之处。心灵的互动构建出伟大的目标，让上帝与他同在。

7   身处其中的夜晚

约翰·弗兰尼神甫住在克朗塔夫，每个星期三和星期日造访约瑟夫。神甫的口袋里装着圣饼容器，通过圣餐仪式，将上帝美好的许诺与爱意传达出来。当神甫开始朗诵他美妙的祈祷文，蜡烛燃烧起来时，他拿着雪白的圣饼，表达出约瑟夫的乞求。

　　　　神哪，我并没有资格侍奉你。
　　　　然而，只要说出那句话，我便可以得救。

接下来，约瑟夫会想要张开嘴巴迎接圣饼，却发现自己牙关紧闭。他满怀爱意地看着圣主的化身，恳切的声音从灵魂深处涌出。上帝即将出现在他眼前，但是这孩子仍然得先驯服自己的肌肉，好让自己可以顺利迎接圣饼。

弗兰尼神甫很快就找到了帮助约瑟夫放松肌肉的方法。他熟悉了麦翰家处理约瑟夫痉挛的办法，就是要出其不意，突然间捉住约瑟夫的下巴，或是做一些其他意料之外的动作。经过漫长时间里不断的试验，这一家人俨然成为这方面的专家。现在，温和的神甫加入他们的阵营，意欲与约瑟夫叛逆的身体搏斗。

内心深处渴望求助的哭喊化为约瑟夫脸上哀求的表情。雅薇妮最能够好好地帮助他，她会假装根本不知道约瑟夫的难处，再迅速帮他解围。如同闪电般迅速，雅薇妮会用一只手压住约瑟夫的额头，另一只手扶住他的下巴，让他放松下来。弗兰尼神甫会思虑着点头称许，然后念诵伟大的祈祷文，将圣饼放入男孩口中。

无法张开嘴巴的窘况只会几个月发生一次。神甫现在已经是约瑟夫发生痉挛时的好帮手。身为伍德豪斯的忠实读者，神甫常有奇思妙想。有一次约瑟夫遇到困难时，神甫心领神会地拿着"耶稣的圣体"对他说："约瑟夫，你昨天在教堂做了什么啊？你对那个可怜的盒子做了什么好事？"约瑟夫对指控感到愕然，不禁惊讶地张大嘴巴。神甫立刻继续进行仪式，顺利将圣饼搁在约瑟夫的舌头上。这是神甫的诡计，在这样的默契下，男孩接下来的日子愈加轻松自在。

被美迷惑，忘记忧虑，只能够思考的约瑟夫，继续他生机盎然的人生旅途。他愉快地与朋友们相处。敏锐足以让他们对他的苦厄感同身受。当朋友们无法时时刻刻在身旁时，约瑟夫就会转向收音机与电视来打发时间。他的收音机就在床边，播放音乐、新闻，以及伟大的广播剧。星期日，他倾听弥撒，弥撒结束后，他继续听流行音乐。他通常盼望听到文艺节目中更多的诗歌朗诵，咀嚼其他作者的创作。他从未想到，自己的诗句有朝一日也能够在电台中播送。

　　一点钟的时候收音机开始广播，这是圣诞节前夕的新闻专题节目，主题是"这一星期的世界"。"本节目来自于伦敦的BBC。"约瑟夫安坐在收音机旁倾听。主播为他带来这一星期世界上发生的最新情况，世界各地的记者将各个地区的事件详加传送。当节目快要结束时，主播说："今天我们邀请了四位杰出人士，想要在今年即将结束时采访他们，这一年最令人感动的时刻是什么。"被邀请的来宾之一，爱德娜·西尔利女士、金融协会主席丹尼斯·西尔利的妻子，本身是一个作家。让约瑟夫大感震惊的是她的发言，"第一次读到约瑟夫·麦翰的诗时，是这一年来最令我感动的时刻。"听到爱德娜·西尔利这句话，约瑟夫的心脏都快要爆炸了，他用尽全力去听她说什么。她解释说，为何自己是痉挛协会文学奖的评审之一，为何被选来评审约瑟夫的诗。在节目的尾声，男孩还得到一个最美丽的圣诞节礼物——他们邀请演员海登·琼斯来朗诵约瑟夫的诗作《通过丑恶的彼得就是我》。收音机让约瑟夫不再感到孤独，他倾听远从伦敦发出的声音，沉默如伯利恒的喜悦暴涨开来。那个声音让他仿佛被催眠。

　　约瑟夫十二岁的圣诞节在都柏林度过，孩提时代的节日如今仍然历历在目。幼年时代的回忆带来恐惧与喜悦。那时候无法自己闭上眼睛睡觉的约瑟夫认为，耶稣基督这个婴儿的可怕程度仅次于圣诞老人。"现在赶快睡觉，不然圣诞老人可不会来了。"娜拉安抚着他。但是可怜的小约瑟夫无法入睡，更无法藏在毛毯下。更可怕的是，他无法闭上眼睛，避开恐怖的圣诞老人。他的致命恐惧在于他认为不该有任何人目睹这个大肚子、红衣、白胡子的老头。约瑟夫呻吟着，将头藏在枕头下，但是孩子的想象力开始狂奔。老家圣诞节的夜晚一片漆黑，各种声音从高处的树梢传到房子四周，好像有孤魂野鬼在坟场四周游荡的感觉连绵不绝。每当农庄里的驴子低声嘶叫，仿佛就是上帝亲身莅临，用自己的圣名见证并抚慰那个身处其中的夜晚。

举家搬迁意味着约瑟夫孩提时代的结束和其成长历程的断裂。现在，约瑟夫知道圣诞节是耶稣的诞生纪念日，这个崭新的认识让他的恐惧得到缓解。

> 圣诞节让不快乐的人欢喜，
> 为脆弱的人带来茉莉花香，
> 将遗失的黑羊带回家，
> 抚平天堂的痛苦。

十二月就在都柏林迷人的景致中翩然度过。爸爸忙着让儿子感受爱尔兰首都的所有魔法与魅力，约瑟夫一路游览着这个城市。人群为这个坐在轮椅上的孩子让路，女侍在他的咖啡里多添加了鲜奶油，店家很赞赏他挑选的礼物，火车站的挑夫帮他预定火车的班次。以往，约瑟夫总是在孤寂中度过年少时光，现在他看到大家的面孔，看到街头叫卖的小贩微笑的脸。"买些圣诞礼物的包装纸、可爱的气球、圣诞树的装饰品，买些小灯吧，孩子！这可口的圣诞饼干只剩下最后两盒了呢！"如果对方只是路过，小贩们也不介意，就这样继续叫卖下去。虽然亲眼目睹，约瑟夫还是不敢置信。他爱上了这繁忙的街景，巨大的彩色灯饰让他想起遗失的魔法。在色彩斑斓的亨利街和复古的摩尔街，他听到茉莉·马龙的女儿们还在推着摊子贩卖。"美味多汁的橙子，成熟的香蕉！看哪，既新鲜又美丽！新鲜的蘑菇……"约瑟夫被这美好的声音抚慰，因为自己也是景观的一部分而感到身心痊愈。他看到玫瑰色双颊的女子拿着一杯杯热茶，感到无比温暖。他对着父亲点头，表示他已经看够了，可以继续前进。

约瑟夫总是把自己裹在围巾里，父亲将他推向利夫伊地区。瞥到大桥时，约瑟夫的眼中闪烁着霓虹灯的光彩。欧康纳桥毗邻狄奥利街，狂乱的车流驰骋来去，而马修在川流不息的车流中却还能够从容驾驭约瑟夫的"小型汽车"。接着，仿佛为了履行祈祷时的承诺，他们来到了狄奥利街教堂。他们只能仓促造访，一进门就得赶快走人。不过，这已经足够向神圣的耶稣致敬了。结束了在伟大圣殿中的静默，他们随后来到了圣三一大学。约瑟夫忙着观看大学校园中的老式会议室与精雕细刻的窗户。他还想看一下圣母院所在的街道，那是他神往已久的地方，他要让眼睛尽情饱览那条街的美景。仿佛为了不让他失望，葛拉福顿大街充满惊喜。街头艺人在寒冬中吹奏着乐器，声乐歌手的和声盘桓在巴赛翰的商业区。眼神闪烁如小狗的小孩儿对拿着大包小包的父母喋喋不休，询问着史威兹商店橱窗里自动旋转的动物玩偶。

约瑟夫向来喜爱繁华的葛拉福顿大街，常常不得不自我克制着难以压抑的亢奋。他的脸庞也许会被冻得发紫，但是内心总会感到舒适。他总会看着路过这条繁华大街的人们，暗自研究他们。他好像困于动物园的铁笼中，真希望自己没有这种感觉。他每回来这条街，都会注意到街上有各种各样的"猫儿"在散步：不仅有许多打扮光鲜的人，那里还聚集着朋客、摇滚乐手、耶稣基督模样的怪人，以及乞丐。人们群集各处，每个人都想被注意，都渴望得到某种东西。圣诞节期间，如此的街头奇景闪耀异彩，吸引着路人流连。现在，这条街上挤满了普通人，每个人都在奋力地要为某个心上人买礼物。

再也不是一个害怕圣诞老人的小孩儿，约瑟夫能够深切地体验到那种家人一起准备节日晚宴的滋味。姐姐雅薇妮装饰着圣诞树，他则对着树上的闪亮灯泡眨眼，默念他的愿望。他总是热爱梅子布丁出炉的那一刻，更喜欢看圣诞蛋糕上的美丽雪景。唯一能把他的喜悦一举夺掉的事物就是火鸡。他厌恶宰割火鸡的过程。他的厌恶感得追溯到早先居住在农庄时的日子。那时，他看着火鸡离上断头台的日子越来越近，公火鸡的粉红色生殖器变成愤怒的红色。他是被它们的暴怒吓坏，还是被这种奇怪的生物迷惑？在它们的眼睛之间有一条肉质弦线构成的管子，当它们怒火中烧，这东西会变得越来越长，到最后，会变长到可以摇摆的地步。那让约瑟夫联想到一个带着鼻音哭泣的小孩。

接下来，就是屠宰之日。那只被选中的火鸡将要为全家人的节日盛宴牺牲。约瑟夫与雅薇妮非常好奇，一定要在旁边观看。正在播放的音乐让大家想起"两只小白鸽以及梨树下的鹧鸪"那首歌。马修将那只可怜的火鸡抓住，固定它的翅膀与双腿。将这只本来傲慢得不可一世的火鸡的头挂在耙子上。马修两脚分开，牢牢站立，双手用力一扭，火鸡头跟着转动，然后它就死翘翘了。马修将火鸡捡起来，把两个爪子绑在一起。它的翅膀微微震动一下，然后就被倒挂在牧场一根梁柱的铁钉上。雅薇妮感到恶心，她的弟弟感到恐惧麻木，但他们还是要看下去，充满好奇。他们甚至看到那倒挂的火鸡试着要起死回生。不过，爸爸保证火鸡并没有受罪，甚至不知道发生了啥事情。

一个星期之后，火鸡再度登上舞台中心。娜拉找出许多旧报纸，让已经冰冷的赤裸火鸡躺在桌子上。约瑟夫与雅薇妮如同一对好奇的小猫，坐在旁边看娜拉肢解这只火鸡。娜拉避开他们的目光，似乎将母亲的温柔与屠杀者的残暴混合为一体。

用一把锐利的屠刀，娜拉砍掉那个孤寂、看起来充满罪恶感的火鸡头。然后，她砍去皮包骨的爪子，将火鸡的肚子切开，让内脏显露出来。她将手探进火鸡的肚子里，一团血肉模糊的东西从深处被挖出来。顷刻间，她将这些内脏拉出来，脸上的表情现出好像哀悼死者一样的悲哀。终于，她将内脏都拉到外面，一团团的纤维组织陆续呈现。她把火鸡的躯干搁在报纸上，然后用血腥的双手深入它的喉咙，把气管揪断。她把拉断的东西捻在手上，仿佛要掂量它的斤两。接着，她继续清理内脏的工程。"我要拿出鸡肫。"她的声音带着颤抖的喉音，手指翻弄着火鸡腹部的皮肤。然后内脏彻底和躯干分开，如同一个饱涨的气球在她的手指上扭动。她将注意力转移到取出的内脏，将肝脏、紫色镶边的肫，以及绿色的胆囊分开，分别扔到水桶里。她继续血淋淋的工程，将心脏取出，上面凝结着血块。她将心脏放入盛满水的盆里，告诉她的孩子，胆就连接在肝脏旁边，是一个绿色的容器。她将绿色皮囊切开，再将肝脏放入另一个容器内。接下来，她将鸡肫取出，肫内还充满着谷物与碎石块。娜拉取出杂物，清洗肫。然后，她将鸡肫拿过来，让这两个孩子看看内部的肌理。最后，她将切割开来的火鸡放到水槽，要雅薇妮拿盐来，好醃制这只火鸡，然后把它晾在不锈钢的水槽里。

那个恐怖的夜晚让约瑟夫无法入睡，可怕的想法毁掉他孩提时代的圣诞节，火鸡毁掉他心目中慈母的形象。圣诞老公公狡猾地从烟囱口爬进来，喂养他黑暗的想象力。

现在，这一切都已经离约瑟夫远去。都柏林的火鸡是可以立刻丢进烤箱的成品，他可以轻而易举地关上过去的那扇门，发誓说城市的火鸡没有生命，从来没有被砍头。城市的宰杀行动干净利落，娜拉可以立刻得到一只塞好填料的火鸡，包得好好的。但是她的工程还是相当繁杂，可她一点都不抱怨，时间就是她的法宝。在钟声响起之前，让一切就绪是她的拿手好戏。

午夜时分，都柏林所有的教堂钟声一齐响起，让所有疯狂的盼望都获得意义。耶稣这个神子用人类的方式呼吸，圣道化为血肉，来到世人之间。救世主就躺在尘世的摇篮，午夜弥撒为约瑟夫点燃了这个时刻，他惊叹于人类自身的高贵。

就在圣诞节的晚上，娜拉变出一桌豪华盛宴，餐桌上由于摆满了银制餐具与玻璃杯而闪耀着光泽。约瑟夫看到爸爸切了一块塞满作料、烤得金黄的火鸡肉，他不禁垂涎欲滴。"上帝啊，请赐福给我们，让我们收到你丰饶的礼物。"全家人在用餐前一起祈祷，娜拉看着他的家人，总会加上一段特别的祷文——来自于古代的爱尔兰，为了求取生命的绵延不绝。约瑟夫坐在轮椅里，加入家人的谈话。蜡烛燃烧着，柔和地弥合他的记忆；皇家红酒在他的杯中荡漾，唤起温暖舒适的感受。然而，他活着的最大喜悦就是为了享用最后一道佳肴——马修吹熄蜡烛，娜拉将一道充满生命气息，萦绕着蓝色光焰的梅子布丁抬上餐桌。

8　满眼都是德瑞法拉斯湖

圣诞假期结束之后，约瑟夫打算在学校好好用功念书，不过他的朋友可不这么想。他每天到学校去，加入这群朋友中，终于被他们逐步同化。每条诡计都是为了用来跷掉下一堂课，随着经验日渐增多，这群孩子的计谋就愈加高超，方法愈加灵活。但是，魔高一尺，道高一丈。校方还是可以随时让他们的计划泡汤，老师至少比他们机智十倍。吉姆·凯西最能够扼杀他们的好计。他腰带上系着一串钥匙，人们总在他人还没到时就听到铿锵的踱步声。他会把疲惫的眼神投向那群紧张的猎物，问道："怎么啦，你们怎么不在课堂上呢？"

然而，友谊的花朵很难在课堂上绽放，吉姆·凯西老师似乎深知这一点。他看着约瑟夫秘密地闯入朋友们的心中，有时会佯装不知道这孩子的鬼点子。他看到约瑟夫，会对他慈爱地微笑，或是眨眨眼，仿佛他完全理解这孩子学生生活的痛苦，以及向朋友寻求慰藉的心情。

只要一想到彼得约他复活节到德瑞法拉斯湖区度假，约瑟夫就会感到巨大的放松。周围长满橡树的湖泊诉说着所有古老的故事，可男孩儿们只顾着兴高采烈地商议届时的游戏节目。"你可不可以在德瑞法拉斯湖钓上一整天的鱼？"约瑟夫的朋友向他提议，"我要去那里度一星期的假。"男孩儿们坐在百货商场的大厅里说话。约瑟夫因为朋友的邀请显得非常兴奋。彼得看着他，眼底写满欢迎之意。

德瑞法拉斯湖位于西敏斯区，是约瑟夫的祖父母居住过的地方。曼妙的柔和山脉坐落在湖岸附近，从葛兰丹启程可以直达那些山脉，然后游览者就会满眼都载满德瑞法拉斯湖。

和彼得一家人共度的那天，是加利里生活的典范。船由彼得的父亲划行，他还能够同时和大家自在地聊天。彼得和他弟弟架好了钓鱼的用具，可天空压在头顶，雨点即将落下。约瑟夫坐在朋友之间，深深觉得自己是其中一员。孤寂的岁月恍若故梦，如今他不再回顾，也不前瞻，只要求欢乐驻留。他的人生的酒杯已经盈满，行囊不再空空如也，生命让他得到该得的慰藉，城市滋养的勇敢无畏唤起他的探索欲望。他的朋友照料着他，他也不时回报他的朋友。

"你觉得好玩吗？"彼得对着约瑟夫的耳朵大喊。船中的男孩拼命点头，充满狂喜，将他的眼神投往天际，仿佛要高声歌唱。约瑟夫审视着波涛翻飞的水面，唱出他的喜悦。马达的噪音掩盖了他的哼唱，但是，这样的声音自有一番乐趣。

当约瑟夫想起祖母时，更是喜悦满怀。他看过湖面，望向对面的克罗克伍德路。他清晰地想象出祖母还是个新娘的模样。她从葛兰丹的新家来到目眩神迷的大都市，穆林嘎。她坐在丈夫约瑟夫旁边，看到风吹过湖面的姿态。她曾经看着这儿，约瑟夫提醒自己，但是她应该不会想到她的孙子有一天也会来到这块土地，享受她曾经享受过的静默。她的 T 型福特钓竿应该安放妥当，而她想起"里耳的孩童"，忧郁的双眼总会泪水盈眶。

船只优雅地往前航行，顺着波涛汹涌的水流前进。转瞬之间，兴奋演化为狰狞的地狱。彼得想要拉起他钓到的鱼，可是那条鱼巨大得像一条鲨鱼。彼得是当天第一个钓到鱼的人。

回到克朗塔夫的约瑟夫紧紧攀住生命，"骚扰"他的朋友。他们从不介意他动作缓慢，反而像赫克犹巴一样拖着他到处跑。不曾有过能够奔跑的童年，但约瑟夫宛如居住在星云上的精灵，奋力地跨越自身的障碍，在他人的尽力协助下品尝到喜悦。

在麦翰家的厨房，大家尽兴地争论着。假期是娜拉引以为乐的日子，现在是六月天，正好可以让一家人好好度个长假。即便是假期，她也还是细心留意家人的需要。大家讨论着，究竟是再去一次可爱的凯里区，还是选个完全不同的地方？位于北克莱尔郡的布伦高原是娜拉的首选。孩子们感到这是体验新事物的绝佳机会，他们也认为布伦似乎有着非常特殊的风景。

马修听着孩子们争论不休，无法决定搭帐篷还是住旅馆。最后，他们为了有更大的活动自由，选择了帐篷。他们知道，这个选择对每个人来说，都是巨大的负担。但是，能够在一个奇妙的爱尔兰荒地醒来，闲适地吃早餐，自在地计划这一天的活动，再怎么辛苦付出都是值得的。选择帐篷的理由还有另外一个——他们想要携带大狗布鲁斯一起前往。孩子们认为，一只长期被拘禁在城市的狗儿如果能够到乡下蹓一蹓，追一追野兔，将有助于增加它的活力。假期逼近时，麦翰一家开始准备露营用具了。衣物与野营用具以精简为目标，携带收音机与纸牌是以防雨天的无聊时光。娜拉得留意着雅薇妮与约瑟夫的行囊，免得他们把所有东西都打包进去。

当麦翰一家驶过克莱尔的乡村小路时，帐篷用具在车子后面砰砰作响。雅薇妮与弟弟简直亢奋不已。即使梦中影像，也无法与眼前所见的风景相提并论。约瑟夫被姐姐邀请观赏让她情不自禁的景色，如果他无法迅速转头，她会立刻帮他转动头颅。约瑟夫并不总是愉快合作，因为他也有自己特别喜爱的风景与观赏视角。像他这样的家伙有时候要是死硬起来，吃了秤砣铁了心，可是很难扭转。他讨厌姐姐总是役使他，毕竟他完全不会把自己喜爱的东西强加给她。激烈的争吵难免发生，当姐姐伶牙俐齿地损他，他就只顾专心看风景，不时瞪她几眼。

虽然吵闹不休，这对姐弟的感情实在是好得很。打从孩提时代的农庄生活开始，他们就彼此分享那些自然而然又让人记忆深刻的时光。他们懂得珍惜自己旅行的自由，绝大多数时间都是彼此的最佳旅伴。因为有对音乐的共同品味，他们同心协力对抗父母。开车的时候，马修与娜拉永远都只会听流行音乐排行榜上的歌曲，或是那些泥沼般的音乐。那时，约瑟夫就会仰头望天，恳求他们饶过他。除此之外，这对姐弟还会合力要求听他们喜欢的音乐。最后，他们终于能够欣赏到自己心爱的歌曲。

音乐从车上的收音机里流出，天堂一般的乡间绵延于四周。中午到来，一家人坐下来享用野餐。布鲁斯享受自己新鲜的自由，它在草地上打滚，愉快地吠叫。清澈的蓝天没有一丝云朵，蜜蜂在野地里嗡嗡叫，约瑟夫尽力吞下一个沙拉三明治。他的家人四处瞭望，看着他说："该灭火啦。"这是提醒他该小便的信号，这时他得赶快在开始下一段行程之前解决生理需要。有时候，他笑得太厉害而无法顺利完成，他们就会说："先等等，有一辆车正要经过。"这真是太疯狂了，不过，他的家人就是要尽力减少他的困难。

快要抵达布伦时，约瑟夫像个铁匠一样忙碌。他试着想象接下来会目睹些什么。他看到心中的那片海洋、沙滩、沙丘，以及帐篷。但是，当他们到达法诺尔，约瑟夫发现这些并没有出现。马修将他从车子里移出来。还没有坐定，这孩子就忙不迭地开始观看神秘的布伦。向着远方的微光，他注视那片海洋，对着地平线点头，瞧着那些来回巡弋的渔船。马修在轮椅上将他固定好，约瑟夫可一点都不浪费时间，立刻就用眼睛观赏起四周风景来。

柔和的光芒将约瑟夫右手边的群山映照出来，新鲜的野地风光击破了静默的魔法，将各种声音陆续灌入他的耳中。急湍的声音在他体内神奇地回响，他立刻示意爸爸，将他推到那条河旁边。爸爸摇头说："等等，先把该办的事情办好，我得向这里的主人征询一下许可。"几分钟后，他再度回来，说："没问题。那个掌管房子的女士说，随便我们待多久都行。我们可以在当地的商店买到新鲜牛奶，主人自己就有畜牧场。她还说，要我们注意迷路的家畜，上次就有人的帐篷被那些动物给毁了呢。"娜拉正在一边工作，一边注意着约瑟夫是否足够舒服。她要雅薇妮打开行李，拿出一些毛毯。马修开始打理煤气管子，娜拉将水壶放在蓝色的炉子上。大家都忙碌起来，除了游手好闲的约瑟夫。

准备好可以让人大快朵颐的食物，麦翰一家就开始朝山泉前进。雅薇妮早就溜走了，正和布鲁斯一起戏水。这一家人深深地吸吮着周遭的景色。四面八方的孤寂延伸到路旁桥下的水波，以及法诺尔的金色海滩。

收起对都柏林的乡愁，约瑟夫迫不及待要好好游览布伦。但是，娜拉的想法和他不一样。她将大家叫拢，发现小狗布鲁斯不在，"布鲁斯在哪儿呢？"马修吹着声音尖锐的口哨，布鲁斯立即飞奔过来。马修瞟向雅薇妮，要她时时看好这只大狗。"一定不准它四处晃荡，免得走失了。要记住这一点。"他告诫孩子们。约瑟夫正要去探索有着美丽鹅卵石的溪水，娜拉却扰乱了他的玩性，"先来吃晚餐，明天有一整天可玩呢。"母亲坚持这一点。马修因为开了一整天车，已经很累了，他加入妻子的阵营，设法让孩子们先不要那么兴奋。于是，疲惫的一家人达成共识，晚上先好好休息再说。

马修将布鲁斯拴在帐篷的梁柱上，但这只小狗选择睡在里面，为了庇护主人与彼此相伴。全家人都兴奋得难以入睡，于是就聊起了今天看到的东西，主题集中在这个地方的荒凉贫瘠。马修和娜拉告诉孩子们这地方的历史，他们因此了解到布伦在许久之前是个喀斯特高原。这应该是个典型的温带高地。他们试图想象，历经百万年的自然洗礼，这个高地如何演化成如今的样子。爸爸妈妈说，他们明天可以自己去见识一下，冰河纪使布伦演变成什么模样。

马修和娜拉解说着这地方的神秘之处，约瑟夫躺在一边倾听。雅薇妮一直在问问题。终于，马修要她安静下来。"嘘，"他说，"先好好休息，免得我们明天没有探险的力气。"

躺在狭窄的帐篷里，约瑟夫无法伸展双臂。他的双手无法挣脱帐篷四周的包围，无法活动，只能抵在钉死在他头边的梁柱上。"把你的手安顿好，不然我无法入睡哪！"雅薇妮命令他，约瑟夫也以他自己的方式抗议，那双紧张的手还是做出和刚才一样的动作。雅薇妮索性让他起床，与他聊起布鲁斯。关于这只狗有许多趣事。有一次在葛特的时候，它坐在车内躲避一群想把它撕咬开来的野狗。它吠叫着以护卫自己。那些狂野的狗双眼闪闪发亮，透过车子的细缝死盯着它。"你注意到布鲁斯在自己的车子里多么勇敢吗？"雅薇妮笑着说，"你注意没有？当那些狗无法如愿扑上它时，它们是多么凶残哪！"这么聊着，约瑟夫就放松下来。听到弟弟打了个大哈欠，雅薇妮也跟着入睡了。

约瑟夫听到帐篷顶上有刮搔的声音。他探头过去，正好看到一只眼珠浑圆的乌鸦，透过帐篷顶上的天光窥视着他。雅薇妮也醒了过来，静静地躺着看那名访客。约瑟夫的手掌轻轻动了一下，那只鸟就给吓飞了。

　　低沉的咆哮声出现在车子底下，击碎了清晨的安静。被惊动的布鲁斯开始警戒起来，想要守护他的主人一家。马修完全清醒过来，拉开帘幕，观察外面的情况。随后，他从铺位上跳起来说："那些家畜出现啦！"他跑出去，对着那些逃窜嘶叫的动物开枪警告。调整好火花塞之后，他进帐篷里为家人做早餐。现在每个人都彻底醒过来，雅薇妮正在审视周围的环境，她高兴地大喊："约瑟夫，你过来看看！那些岛屿就近在咫尺。看哪，爸爸！那些是什么？你把约瑟夫举起来，让他看看！"马修加入孩子们的行列中，说道："那是耶蓝岛屿。"他将儿子举起来，让他高坐在自己肩头。约瑟夫环顾着外面的风景，真是高兴极了。清晨的阳光敲击着蓝色海面，洗刷成白色的小屋安静歇息着，鸟群高飞向蓝天，远方的岛屿欢迎着这个残障孩子。娜拉也起身，往外看看之后，又开玩笑似的打了个哈欠，躺了下去。她太熟悉这些景物了，不为所动。马修继续做早餐。他给约瑟夫弄了一份炖菜，为雅薇妮烤了很多金黄色的吐司。假日娜拉都是在床上吃早餐。雅薇妮则高兴地喋喋不休，戏弄她弟弟，说他不能在床上吃吐司。约瑟夫的快乐同样没有边界。他的早餐是另外一种类型的乐趣。他的家人总是让他处于某种乌托邦式的处境，正视他的残障，又自然而然地对待他。

　　特定的事情有待完成。这一家人跑到山泉旁边，他们洗濯着自己，与泉水嬉戏。约瑟夫也不例外。娜拉将他从轮椅上抱下来，交给马修。约瑟夫赤着脚，让水溅上他的脚踝。狂乱的水流与冷硬的岩石摩搓他的脚尖，他看到自己在冷泉下的足踝是那么苍白优雅。他玩水玩得正高兴时，在水面下看到了那座石桥的倒影。他看着爸爸的眼睛，表示想要看那座桥。马修将他的孩子高举起来，一起走向那座桥。雅薇妮也跟在一起，她伶牙俐齿地数落着，因为约瑟夫先她一步。没错，此时，气息在风信子一般的蓝色天空和大地之间流通，让法诺尔能够自豪的代表景观可不只是金黄色的沙滩。

　　每一天他们都有崭新的发现。麦翰一家人穿越寂静的岩石阵，约瑟夫坐在父亲的肩头，雅薇妮与布鲁斯在前方蹦跳着，娜拉走在旁边，告诉孩子们有关奇花异草的事情。"来这儿看看，你会发现前所未见的东西。到这儿来，你会看到花朵绽放。"娜拉呼唤着大家。父亲与儿子在乱石阵中看到一株蓝宝石色的龙胆草，正好栖息于美丽的孤绝背景前。从高处望过去，男孩注意到在不毛的布伦，草木的处境有多么危险——它们生长于乱石阵，饱受阳光的曝晒、野风的狂吹。然而，这些植物还是竭力求生，将自身的生命讯息灌入地上的乱石阵。

　　在迎风招展闪耀着的兰花、龙胆花、绣线菊，以及岩石玫瑰中，鸟群环绕着绿色的种子。麦翰一家人散步在岩石之间用花草铺就的地毯上。约瑟夫倾听着岩石传播出来的旋律，卸下自己野兽般沉重的生命负担，凝视着香味扑鼻的翠绿草地。突然间，雅薇妮命令布鲁斯去捕捉一只野兔。这只可怜的小狗悲伤地顺从，追踪起它的猎物。小野兔迅速闪避，分神的布鲁斯试着要找出猎物的气味。接着，仿佛认为追捕小动物不够好玩，它躺下来吠叫着，粉红色的舌头伸吐出来，疲惫地喘息。

　　每天，精疲力尽的家人总会在探险之后到海边游泳。金黄色的海滩乞求人类的陪伴，却没有人经过。还滞留着的太阳把天空涂抹成鲜红色，混杂着火焰燃烧后残留的兰花色、橙色，以及深蓝色。马修准备好，托起约瑟夫。紧接着，娜拉与马修一起开始他们的大西洋泅泳之旅。所有人都伸出手掌托起约瑟夫，一起帮助他漂浮泅泳。在温暖的水浪中，他们带着他一起漂浮，游向海面。他愉悦地叹息，往前游动。在他们双手的支撑下，他感受到全然的放松和安全。借着他们的帮助，他体验到拥有健全身体的快乐。

有一天傍晚，麦翰一家从海滩回来时，大家设计了另一套玩法。他们在沙滩上挖了一个很深的洞穴，将约瑟夫埋入其中，只让他的肩膀与手臂露出来。他们紧紧地将他扶正，看着他用自己的双脚站立。布鲁斯围绕着他，好奇地吠叫。约瑟夫竭尽全力地思索：这就是这世界应有的模样？他看向海洋，目睹柔软油滑的海浪扑向自己，他对着地平线皱眉头。得到自由之后，他感到异样的慌张。看着周遭的景物，他是一切的君王，但却统治不了任何事物。他看着自己的脚，看着正在倾斜的太阳。随着新鲜的乐趣逐渐黯淡，他的脚告诉他，下肢已经感到痛楚，身体急切想恢复常态。布鲁斯被雅薇妮叫回去，好让约瑟夫独自享受自己的独立。但是，他越这样站着，越是感受到思想的孤独与孤寂的渴望。看向海洋，他独自与地平线相伴。他安静地让自己远离这丢人的渴望。当他审视自己孤寂的生命时，他知道轮椅才是他的王座，他的双脚只是随从的侍卫。看着自己的机会流逝，他注视着父亲的眼睛，示意要回到轮椅这个王座。于是，马修把沙子扒开，金黄色的光泽洒满他的手指，他就像是暴风中颤抖不休的小树苗。娜拉赶紧跳过来，扶住他摇摇欲坠的身体，他几乎要自由了。娜拉更紧地抱着他，将他整个抱起来。他感到自己的双脚脱离沙子筑成的墓穴。马修伸出双手抱住孩子被沙子浸浴的身体。他将约瑟夫抱在怀中，裹上旁边准备好的大毛巾，说："我有没有告诉过你，关于海象与木匠的故事？"他没有等约瑟夫回答，自己就背诵了起来——

> 海象与木匠
> 亲密地漫步着，
> 哭泣着让一切看到
> 沙滩的重量。
> "如果这些可以被清理掉，"
> 他们说，"那该有多棒啊。"
> 如果七个使女用七把扫把，
> 每半年来打扫一次。
> "你认为，这样就可以清理掉吗？"海象问道。
> "我可不这么认为。"木匠说，
> 流下苦涩的泪水。

　　快乐的假期让娜拉与马修的每一日都充满喜乐。他们烹煮简便的餐点，跑到布伦的群山中野餐。轮椅无法攀登巨石嶙峋的山路，但是麦翰一家自有一套登山的办法。约瑟夫高坐在爸爸的肩膀上，娜拉带着野餐盒，新鲜的空气让他们充满力气。越攀越高之后，他们来到布满巨石的山顶休息。吃午餐的时候，他们聊到真正与大自然和谐的自由。大家谈天说地，倾听着全然静默中的声响，舒展他们疲乏的身心。约瑟夫沉浸在美景中，泅游于谈话中。同时，他的眼睛四处搜寻，观赏这周遭的风光。

被突然的一阵足音惊动，约瑟夫的注意力转移到一个高高耸立的巨大石柱上。然后，他迅速地转向石柱旁边的一个"胡子脸"。那铜铃大的眼睛盯着布鲁斯瞧，但是，可怜的小狗什么都没有注意到，还毫无知觉地躺着。原来是只面貌凶恶的山羊倏地冒出来，四只脚牢牢站定摆出架势。它身后散落着啼叫着的柔弱的小羊们，一股浓烈的气味散逸开来。虽然它只是一只山羊，却有着势力范围的观念，不容他人侵入自己的领土。布鲁斯站了起来，不断吠叫，可不知道是为了保卫它的主子，还是嫉妒这个山羊家族（因为它是一只父母不详的狗儿）。占领这块地盘的陌生人进驻了人家休息的场所，所以约瑟夫一家决定继续前行。

黄昏天空下的墓冢剪影，串连着死寂的过往与令人流连忘返的现今。疲惫的父亲将孩子从肩膀上卸下来，把约瑟夫搁在石头上休息。娜拉接过手去，将孩子安排成端坐的姿势，好让他观赏自然的景色。感觉到比较独立的男孩放松地坐着。死亡正徘徊在他身下的墓冢，悄悄地与安静休息的祖先们相互致意。虽然这是个新坟墓，却印刻着仿佛土地一样悠久的岁月之痕。

由于这独特的经验，约瑟夫与他的家人体验到确定的欢快与坦然，再度肯定了生命的理由与目的。对约瑟夫而言，生命再也不是谦卑的事物。在克莱尔度过的假日让他茅塞顿开，为他的野心开辟一条道路，抚平他的欲念与挫败感。他这样坐在静默之中，家人正在收拾行囊，而在他孩童的心底，他正在收拾布伦的最后一抹风景。灰蒙蒙的群山，爬满风化痕迹的粗糙岩石，时间从月光浸浴的荒蛮景致中冒出来，流动的河水灌溉着生生不息的大地。流水不舍昼夜，仿佛要记录大地上那些值得记住的生命。

回程总是低潮。但在约瑟夫回都柏林的途中，他试图抚摸他搜集的、生长于石边的旋花蔓。在他的未来，伦敦在遥远的地方呼唤着，呼唤着生长于尘世的男孩约瑟夫·麦翰。

9　倘若他能够支撑自身

当约瑟夫第二次得到特别奖，他已经可以在飞往伦敦的班机上放松自己。没有那种似曾相识的感觉，并不像他的第一次旅行，这回他可以克服自己的恐惧。他轻松地沉浸在英国痉挛协会创造的环境中，现在他要去见这些棒透了的朋友。他们竭尽所能地为这位来自爱尔兰的获奖者服务。他们的慈爱表现于对每一位脑部受伤者的悉心照料。他们的体贴通过对伤残者无微不至的照料显现出来，拯救一个可能沦落为乞丐的残障者是他们的首要任务。因为飞机到晚上八点半才会抵达希思罗机场，Aer Lingus 航空公司为他们的小同胞准备了交通工具，可以将约瑟夫和娜拉直接送到费兹罗广场，也就是文学大赛的筹备会场。和上回一样，早就准备好的晚餐已经凉了，麦翰家人受到热烈的欢迎。接下来，他们让约瑟夫享有独自用餐的权利。

　　次日的文学午餐会既美好又惬意。这些工作人员招待残障来宾时，显得自在平常。约瑟夫坐着观察四周，他总是得自己用餐，因为光是吞咽的动作就得让他用尽力气。

颁奖典礼就是完全不同的阵势了。约瑟夫坐在这群获奖者中间，仿佛天生就要来享此荣耀。这个忧郁男孩简直要飞上天了。他本以为名字是按照字母顺序来叫的，当"约瑟夫·麦翰"这个名字响起时，他"惊跳"起来，迅速地看向主席台，想听评审对他说些什么。但是，他得按捺住这些遐思，因为乔治娜·柯利芝女士正向他走来。他凝视她的脸庞时，头不得不往后仰；而她微微地弯身，像是要把他看个清楚。就在这时候，娜拉将他的头摆正，让他以平常的姿势面对评审委员。"约瑟夫，"乔治娜女士说，"恭喜你，为你优异的成绩向你表示祝贺。"然后，她温和地笑着说："你的写作前途无量，你不但有着乔伊斯的天分，甚至还让我们联想起威尔士的诗人狄兰·托马斯。"她将装有奖品的白色信封递给他，坚定地说："你必须继续写作，你有很高的天分。"约瑟夫温驯地笑着，不断点头，他必须用力压抑对这位鼓舞他的女士的热情赞叹。她刻意握握他的手，然后走回座位，让下一位评审委员颁奖。约瑟夫感到快活无比，端详着她的脸。没错，这位女士说的是真心话！

和往常一样，约瑟夫的心灵从他被禁锢的身体中游弋出来，他可以确实感受到耶稣正在安抚他的灵魂，不禁问自己：你为何要害怕呢？看着这些活力四射的人们，约瑟夫的眼泪快要滑落了，但是他用力克制住。他转过头去，想分享其他人的胜利，但是身体的麻木抑制了他的激动，他只好在原地不断颔首。如果他有声音可以叫喊，一定喊破了天空。

巨大的声名进驻约瑟夫·麦翰的领域，英国人对他的残障不以为意，仿佛把他当成在英国本地出生的孩子。他被当成一个少年天才，《周日论坛》以大量篇幅报道他，声名显赫的英国摄影家史诺顿爵士飞往都柏林，去给他拍摄照片。他拍摄约瑟夫坐在威廉王室宝石般的建筑物外面，都柏林人都知道那个建筑就是玛利诺赌场。

约瑟夫在杂志封面上大胆地微笑，而大部分的年少时光里，他都只能以沉默面对世界。现在，他不仅能够与英国读者对话，还可以通过媒体与世界相互沟通。

读者的反应很热烈。他们对这个大胆的发现兴趣盎然，新奇的念头层出不穷。脑外科专家和语言学家都想研究约瑟夫的写作与残疾之间的关系，想要找出它们之间任何可能的蛛丝马迹。约瑟夫看到这一切，不禁感到忧心。他们会尊重我吗，当我每次开始那恐怖的挣扎？他想着，有哪个正常人能够想象这邪恶的肢体随时会让你成为一个笑柄？深呼吸之后，他又想到另一个问题——就算是再了不起的专家，难道能从你颤抖的书写中找出真相？毕竟，当你外表看起来像在打瞌睡，实际上却在沉思。这个既幼稚又成熟的写作者感到许多两难：既喜悦又矛盾，既荣耀又怯懦，受着折磨又得到关爱。他在各种艰难困苦中攀爬，向往得到水仙花，却只能看到晦暗的颜色；驻留在狂乱的人生图景中，却不被抛弃；虽然遍体鳞伤，却从不打算放弃求生。即便如此，陌生人如何能够听见你竭力求生的哭喊？你渴望外面的世界，但那个世界却是与你类似的残障者无力跋涉的苦域，一个你只求能够分享烈日激情与柔软人心的地方。但是，约瑟夫的疑虑纯粹是孩子式的畏惧，他低估了成人世界的力量。那些专家能够借着了解他支离破碎的文字来帮助他。

《周日论坛》的专题报道引起电脑专家的注意。他们开始关注约瑟夫·麦翰这个无声残障男孩的荒野视界。科技能否帮他脱离肉身的束缚？来自爱丁堡大学的研究员菲尔·奥多，用心地以科学的思维方式思考，确信电脑技术能够极大地帮助这个行动不便的孩子。带着热切的承诺，他来到都柏林，花费大量时间检查他的脑伤病人。他成功地帮这个不断点头的孩子开辟出一条美好的出路。这个安静、情深义重的人逐步了解了约瑟夫的内心，想要改写这个被社会拒绝、困守在身体牢笼中无助的残障孩子的命运。所有的努力与奉献到头来都可能一场空，他的发明被描述为用一个按钮取代人力。可菲尔现在发现，一双强健的手有时可以做电脑无法办成的事情。这个科学家思索着，究竟什么是人手拥有，而电脑无法企及的功能？约瑟夫的下巴搁在娜拉的手上，又是怎样的状况？约瑟夫如果能够说话，就会告诉他：这双手在我遇到危急的状况时，稳住我的头；当我需要往前伸展时，充当我的推进器；当我需要充电时，它是我的动力；当我只是在思考时，它就是我的支柱。由于在打字的过程中我常常会出现犹豫的时候，这双手会等待着，敏感于我动力的消退，扶住我的头，直到痉挛自己消失为止。

一个不起眼儿的转动按钮如何帮助废掉的肢体执行大脑的指令？这位细心的专家考虑着，看着约瑟夫不由自主的身体律动。约瑟夫的头可靠地点动着。夜晚，菲尔在都柏林港口漫步，帮助约瑟夫完成那心绪驰骋的该死需求。由于长久看着屏幕的绿色光标，已经很疲惫的约瑟夫坦诚地疑惑着——你能相信在这个巨大残忍的世界上，由于一个人的慈爱，你就能获得掌控生活的力量与慷慨无私的爱护？

　　结论是众说纷纭。有些科学家认为，现有的科技水平无法达到满足约瑟夫需求的程度。菲尔阴郁地深思，热切地写着新程序方案，不放弃帮助约瑟夫的希望。借用屏幕上按照次序排列的一个个滚动字母，约瑟夫只需要把他的下巴放在一个安置好的按钮器上。这样，奇迹中的奇迹就会绽放，字母就会出现在屏幕上的方块区域。这样，不能行动的问题就能够克服。约瑟夫感受到伟大的下巴按钮的运作，等待着绿色光标来到被期待的字母上。然而，他还是感到困难。他的身体僵直，只能眼睁睁地看着光标滑过去。"别担忧，约瑟夫，下次你就会抓稳了。"菲尔安慰他，他感觉到这男孩的沮丧。菲尔安静地抓起约瑟夫的手，拍抚着。"还没有，还没到……"他低语着，感受到男孩体内熔铁般的张力，"还没，快了，准备好……就是现在！"然后，约瑟夫击准了按钮。菲尔微笑起来。"太棒了！好棒的孩子！"他喜悦地笑着。借着菲尔稳住他的手掌，约瑟夫成功地打出自己的名字。

　　《周日论坛》大量报道约瑟夫的疾病，他们不但对他的天赋感兴趣，还想要探究这个男孩如何挣脱脑伤枷锁的过程。在下一篇专题报道中，他们详细介绍了这个脑伤男孩竭力追求独立的心路历程。他们还向大众筹募基金，帮约瑟夫购买电脑。读者热烈地响应。于是，约瑟夫有了全套的电脑硬件、软件设备，还有基金。这些伟大的回应让这个孩子深切感怀。他想着，我这个身体残障的人能否找出新的驱动模式，来解放无法正常使用舌头，但智力正常的人们？他静默地思索：如果电脑技术能够帮我发出声音，那每个类似处境的人就都可以同样受惠，得到自由；如果我这个异想天开的实验失败了，也许某个身体受限制少一些的人可以填补这项空白，这样，科学就能够进展到那个神圣的目标。当约瑟夫将他的决定告诉娜拉和马修时，他们完全同意他的看法。因既有的感受、相互的理解，他们怀有相同的期望。此外，约瑟夫还希望为《周日论坛》的读者捐款筹备一个基金会。这样，科学家们能够开始实现一个人们本以为虚妄的梦想，设法帮助无声的人发出声音。

当雅薇妮向记者们详细地解释约瑟夫的天才时，他们出现在媒体上的模样显得畏怯。"这样的意思是说……这就是你对于自己以及与你处境类似的人的希望？"她不断询问，约瑟夫害怕她会用各种手段来传达他的想法。然后，一阵亢奋的波动传来，他看到她精确地画出他所期望看到的意象——在简单的图画中，一个头盖骨示意图右侧有个钥匙，而它正好指向锁孔所在。这个比喻暗示出大胆的科学研究有朝一日将打开脑部伤残人士被囚禁的内在智能。没错，对极了！约瑟夫用力地点头示意。当雅薇妮将这个想法记录下来，露出姐姐独有的微笑，充满希望地说："小子，看看这个吧，我和你一样辛苦呢！"约瑟夫笑着，感激地叹息。由于这个被禁锢的身躯，他只好劳烦旁边的每一个人来帮助他。

将实实在在的希望灌入自己身体的每一个细胞，约瑟夫将自己珍视的荣誉献给一群致力于研究的科学家。他们想找出脑部残障者隐藏的智能，他兴高采烈地支持这样的研究。如今，他看到鸿沟将要被填补起来，而某些人的样貌也将不再被侧目。

纵使希望满怀，当约瑟夫晚上躺在床上时，他还是忧虑自己是否被科技所能给予的承诺迷惑。旧有的苦难将会得以减轻，这些科学家正在忙碌着改善脑部伤害者的治疗方式。约瑟夫想到自己。他无法自由自在地使用肌肉，想要移动，却只能挥动残缺不全的肢体；他的拳头随时可能不由自主地打到身旁的人。当接收到一个大脑指令，他会变得犹疑不定。当他想要靠下巴的移动来操纵电脑，他发现这简单的小动作要费上移山之力，他要穷尽全身上下的全部力气来完成这不过是点个头的小动作。似乎这些还不够，他还发现另一个残酷的威胁正虎视眈眈——他甚至无法确定，何时是该挪动头部的正确时刻。他接收信息时，必须有一个预期的空档。当神甫走入他的房间，他可以张大嘴巴；当神甫念祈祷文时，他还是张大嘴；但是，当他必须接受圣饼时，他已经闭上了嘴，只留下令人悲伤的无力感。这些繁杂流转的念头让他惊惧，几乎要忘记自己能够成功转动收音机旋钮的功绩。但是，这是一场漫长的战争，他还要努力许久，才能抓住恰当的启动信号，明白自己的欠缺和需要并不代表已经解决了这些两难的问题。然而，他还是梦想着能够改善。急促的呼吸本是他冲破现实困境的火力，而在写作之路上还是新手的他，需要更充分的力量来承载源源不绝的创造力。看着筚路蓝缕的命数，也看着菲尔·奥多的研发之光，约瑟夫知道自己是个可以独立创作的写作者，倘若他能够更好地支撑自己。

10 孩提时代的显圣节

对约瑟夫而言，无法与他人分享忧虑与希望，就表示他无法将学校生活和家庭生活融合。不过，公允地说，光在学校发生的事情就够他忙的了。每年山顶圣殿都会有一场音乐剧演出，由科林·马克因兹老师担任制作，他太太赞助。马克因兹太太不仅担任钢琴演奏，还同时承担起指导学生发声与表演的重任。所有工作人员都齐心合力为他们的目标努力，将原本笨拙的学生塑造成熟练的演员。

有生以来，约瑟夫·麦翰从未上过舞台。毕竟，从来不会有人认为一个无法发声的残障者会想要有舞台演出的经验，也不会有人想到要邀请他这样的人来从事需要发声的正常人的活动。但是，在胸襟开阔的山顶圣殿学校，就是会有人异想天开。

"你能不能参与学校的音乐剧演出？"马克因兹询问约瑟夫，"你可以加入和声部分，有许多事务需要你帮忙，我希望你好好考虑。但就我个人而言，我认为你应该会喜欢这差事。"约瑟夫的心脏激烈颤动，他看着老师的双眼，然后望向天际，不断地发出同意的信号。

每天下午一点，马克因兹老师就开始广播："所有参加音乐剧演出的学生，请在两点钟到体育馆集合，为预演进行排练。"仿佛应着教皇的召唤，两点钟一到，学生们从不同的地方纷纷拥入，走向他们的演习场所。大半学生都熟悉这出音乐剧——《约瑟夫与他惊人的科技梦幻大衣》，但他们还是得熟悉台词。练了又练，每天他们都更为稔熟。排练会持续整个下午，直到傍晚。即便如此，他们还是得重复这些程序，最后进入约瑟夫、雅各，以及法老王等主要角色的排练部分。舞蹈演员都被隔离开来，所以没有人会打扰或嘲笑他们。可当演法老王的优秀舞蹈演员不小心出错时，大家还是会听见失误引起的反应。

自从第一次穿上演出服表演，这些业余爱好者几乎已经变成专业演员。服装与化妆似乎让众人的自信油然而生。约瑟夫默记着朋友们的台词与歌词，可他不知道他们的神经有多敏感。彼得·尼克拉森将粉搽到他原本金色的头发上，为他饰演的雅各增添年龄的痕迹。汤尼·慕林将一条长布围绕在身上。约瑟夫·麦翰的白色长袍把他和轮椅裹在一起，头顶上还戴着一个很大的礼帽，他扮演一个红色皮肤的犹太男子。演员们看着各自的扮相，几乎无法辨认出原先的自己。换衣间里流动着电光火石般的气氛。大幕快要拉开的时候，老师们终于稳住了原先紧张的情势，学生演员也陆续就位，准备登场。汤尼·慕林对着约瑟夫低语："别担心你的袍子，约瑟夫。"他把自己与约瑟夫的演出服作了最后的整顿，然后帮约瑟夫准备妥当。但是，当他正要推着轮椅上场时，某只笨拙的脚踩上汤尼的长袍，差点让他穿帮。"天哪，你可不能在观众面前出丑！"当晚的服装负责人多乐西·希尼老师说道。为防止出现可能的突发状况，这位老师将一大堆别针别在汤尼的演出服上，用理解的笑容挽救了他的长袍。

音乐独奏为晚上的演出热身开场，接下来就是当晚的重头戏，由山顶圣殿学生担纲演出的音乐剧——《约瑟夫与他惊人的科技梦幻大衣》。

大幕拉开，热切的观众都引颈期盼。家长们在众多出场的演员中寻找自己的孩子。指挥用流利熟练的动作，示意演出开始，美妙歌声顿时环绕剧场。"就在许多个世纪之前……"合唱团唱道，叙述《圣经》中约瑟夫与他十一个兄弟的故事。约瑟夫·麦翰暗自随着这美妙的曲调歌唱，音乐让他眩晕。汤尼就站在旁边，在底下的观众群中，他可以想象出娜拉与马修的面孔。

舞台的气氛带着一股神秘的意味。这个故事有关翡翠绿般的嫉妒和昏黄如鸭脚的怯懦。约瑟夫暗自想着与他同名的圣经人物，这位最受宠爱的孩子穿着一件色彩缤纷的大衣。观众报以雷鸣般的掌声，以及长长的口哨。音乐可以说得上撩人心魄，故事的主旨是关于宽恕。《圣经》中的约瑟夫最终原谅他贪婪而鄙恶的兄弟们，当穷苦老迈的雅各与他的儿子一起归来时，每个人都欢欣无比。就在最后一幕落下时，欢呼之声震动屋顶。两次谢幕之后，马克因兹先生遏止了继续谢幕的要求，因为这部知名的戏剧中，他的学生们戮力演出，已经累坏了。于是，学生们安静地退场，汤尼推着约瑟夫到走廊外。约瑟夫感觉自己额头上的汗水凝结冷却，背部也被汗水浸湿。对他而言，这等于一场巨大的磨炼，其结果完全对得起他付出的所有努力。他作到让自己的手脚安分听话，他的嘴巴安静地念出台词、美丽无声的台词，让破碎的梦想得以救赎的台词。

　　学校有戏剧社的演出活动，而在家中，戏剧性的事件都发生在媒体制作节目的时候。约瑟夫·麦翰在创作领域的突破，让全世界的记者争相瞩目。电话不断地响起，约瑟夫的家人也不断地回应。麦翰家希望不要小题大做，于是没有人大惊小怪。他们以平常心看待约瑟夫的残疾，冷静应对一切，不让涕泪横流的过往情景重现。没过多久，记者就明白麦翰家拒绝煽情的意思。由于记者也是充满想象力的人，不久，他们也随之调整自己对此事的处理态度。他们懂得如何处理残障与这个男孩，以及他的天赋之间的相互关系。他们一直询问他，为何他的写作风格如此简洁，也揣摩着他的生命基调。有时候，他会邀请记者们观看他的写作过程，甚至建议他们托起他的下巴，感受电流一样的痉挛通达他的全身，阻碍他写出文字的动作。因此，他只好书写简短的文句。这样，他就能够解释为何自己诗歌的韵律是如此跳跃与仓促。

　　BBC电台制作了一部关于这个残障男孩与写作的纪录片。他们围绕着约瑟夫自己、他的家庭、学校生活，以及他的写作活动，制作了这个节目。诗人通常都是自己朗诵诗作，但是，在这部广播纪录片中，制作人得找一位配音演员来担纲约瑟夫这位少年诗人的文字朗诵。

约瑟夫坐看他的故事通过媒体传播出去。在那些专栏与文章当中，他看到了优雅洗练的处理，以及公平中肯的评价。他向来非常忌讳自己的生命故事被歪曲，所以总是睁大眼睛观察。要暴露出自己的内心，总是让他忐忑不安。可他想要出版自己的拙作，总是暗自梦想着，将有一本约瑟夫·麦翰的诗集放在自己书房的书架上陪着他。

约瑟夫呼唤母亲坐在他身旁，用眼神向她示意，告诉她想要谈话的愿望。她咧嘴笑着说："怎么啦，有什么新鲜事？"他忽略她的嬉笑态度，认真地表达着。他对着电话点头，请她推自己到书房内，又对自己的作品点头示意，并用眼神注视着书架上的书籍。他的动作足以表达出自己的要求，让她明白：他想要她帮他打电话到伦敦的出版社。她忧虑地皱眉，想要避开这个要求。"别要我帮你打这个电话。"她乞求着。"我不知道该怎么开口，"她继续说，"而且，万一他们要把你晾在一边，说你的作品没有好到让人感兴趣，那怎么办呢？"他笑了，但还是不断示意请求她。她踌躇于孩子这个残酷的要求，最后，凛然宣称："我也没有出版社的电话号码呀！"但是，因为她的孩子总在生死边缘挣扎，她早就习惯了应付各种难题。他看到她拿起电话簿，仔细搜索，然后又突然回去做她的家务。他感觉她已经找到了电话号码，现在正在心中拿捏该怎么启齿，该怎么将一个男孩的希求表达给声名显赫的出版方。

约瑟夫很肯定，母亲会照他的请求行事。他听见她正在拨电话，但是，当她回到厨房时，只是继续做未完的工作。他感到很歉疚，但是，他已经下定主意，要让自己出书的心愿达成。突然，她停止准备晚餐，仿佛已经想通。然后，她对着他皱眉，将他推到客厅去。"记住啊，孩子，这是你要求的，你要有心理准备接受任何结果。"她警示他，然后拿起话筒，拨了出版社的号码。约瑟夫的眼睛盯着电话，当他母亲结束谈话之后，她的眼神中已有了该有的结果。那位伦敦的出版商已经很熟悉他的名字，也希望能够看到他的作品。对于这样的结果，约瑟夫感到蓬勃的希望油然而生。

每天下午一点十五分，娜拉总是缓缓地开着车子进入校园。在一大堆来来往往的学生中，她可以轻易认出自己的儿子。他被一群男生或女生簇拥着，迎向她。那些熟悉约瑟夫沟通方式的孩子们，在他母亲面前促狭调侃。她虽然早就熟悉得不能再熟悉，但还是可以感受到在他看似平常的脸庞与骨架下，那颗不同凡响的心灵。被震慑的她鼓励这些同学多说一些，但是他们生怕会给约瑟夫带来麻烦，连忙改口说别的话题，提些较安全的事情。谢过他的朋友之后，娜拉会将他推进校内，进入杰克·希斯利普的那间指导室，再走进隔壁的小房间。她会在里面坐下，一边倒出甜茶，一边叙述早上家里发生的种种事情。如果有他的信件，娜拉会带来给他看。接着，她会稳住他的头，将茶水倒入他的口中。

今天是星期二，约瑟夫算着数，记得他们是星期四将稿子寄给出版社的。他安静地估计着娜拉带信件过来的机会，但是，当她照例在午餐时间前来时，他注意到她的袋子里好像没有邮件的样子，只有惯常的茶壶。他看着她的脸庞，但只有一片平静。她照例推着他的轮椅，在紫色的走廊上漫步，聊着天，说没有邮件，也没有注意到他的焦灼。打开大门后，她把他推入舒适的小房间。他看着她倒出琥珀色的茶水，以为现在可以吹着口哨告诉自己无须害怕，可以安然上个厕所了。她慢慢地倒茶，然后看似漫不经心地说："有个来自苇登菲德出版社的电话。'我们很感兴趣。'他们说。事实上他们要我转告你，对于你选择在他们出版社出书，他们感到万分荣幸，当然愿意出版你的作品。"突然约瑟夫的全身出现反应，他的表情震惊无比，双眼往上翻动。他镇静了好一会儿，竭尽所能地想从口腔里发出一个音，好像一个沉重的十字架被轻柔地举起。他的母亲安静地等待他从狂烈的状态恢复，而他的三魂七魄灌满了巍峨的喜悦。娜拉静静地微笑看着他，想让儿子从她这儿解放。这是他再次重生的时刻，击败了干涸的死亡，重新诞生，诞生出一个作家。他缓慢地回到现实，感谢娜拉带来的天大消息。而她却像一个典型的母亲，更在意那杯茶是否好好地进入他翻滚的肠胃。直到喝茶的任务完成，她才轻抚他的背脊说："做得好，我的孩子！这是今天最棒的消息。但是，别让它搅得你晕头转向，因为你眼前还有一大段漫长的旅程。而且，你足以应付那些挑战，今天你已经穿过了第一个战场。想想看，爸爸与雅薇妮听到这消息时的反应！这周末我们得设法让雅薇妮回家，来个庆祝会。毕竟，一个家庭很少有这种大事可以庆祝。"约瑟夫不断地点头表示赞成，因为他明白除了点头之外，暂时也无法做什么。被封冻了那么久，现在他终于可以对那些想要倾听他的人发声。他照旧沉默在自己的心灵中，对未来进行遐思。对于我孩提时代的显圣节顿悟，那些读者会有些什么感想呢？

整个下午，他都认真听老师讲课，却时时感受到无与伦比的欢乐。很多人刻意让自己的世界私密化，而他的世界私密到唯独门口的绝望恶魔才能够与之分享。现在，他已经挣脱牢笼，能够与每个人一起分享着这个世界。他能够选择如何叙说，决定要保留哪些东西。他的声音就是他写下来的文字。

不同于那些令人啜泣的、冰冷绝望的夜晚，现在，这位十四岁的少年感到舒适的平静涌上心头。他乞求自己的怀疑之罪能够被宽恕。当他穿着睡衣躺在床上时，羞愧的波动涌上他的心头。他艰难的过往逐渐退去，背负着沉重使命的娜拉用爱心弥补了他生就残障的缺憾。逝去的岁月如同星云般流经约瑟夫的天空，如今，广博如沙漠的智慧包围着他。重新诞生的甜蜜与美好充溢着他的心胸。朋友们都为他高兴，高兴于这本书能够为他带来的意义。真实将会是他的拐杖，有生以来，他第一次真正得到了如同翠绿草原一般的真实。

11 冲破难关

山顶圣殿学校的学生乃是依据各自能力进行分班，并奉行男女合班的原则。每个班级都以某个字母为名称，加起来就是"都柏林"（Dublin）这个词。每过一个学年，以这些字母为开头的班级就会有所变化，同学们都各自改变了主修的科目。因此，约瑟夫的朋友们发觉自己与原来的同学都分散了。在九月刚开学时，作为L班的三年级学生，约瑟夫发现自己置身于一群陌生人当中。可每个人都认识他，毕竟他就是那个有名的残障男孩约瑟夫·麦翰。而且他们并不会羞怯到不去与他结识。从此，他开始结交到一群新的挚友。

　　在3L这个班级，约瑟夫面对着崭新的挑战，从此，他必须与新的同学沟通。他开始尝试与人搭讪。开始，他与某个同学四目相对，但是对方将目光转开来。他转向另一些人，对着他们鞠躬，得到的却是严厉的目光，最后他们回到凯西先生的课堂。他试了又试，可是男孩和女孩都一样漠视他。由于他早就教导自己不要轻易感到沮丧，他并不责怪这些人。倘若立场换过来，他自己说不定会做得更过分。也许，他该把自己的不爽通过伸出中指的姿势表达出来。他自我取乐着，并没有专心听凯西先生讲课。"要命，我开始走运了！"当他与邻桌的男孩四目相对时，他这样想着。那男孩轻轻地微笑着，然后移开目光。突然，他仿佛又想起什么，靠向约瑟夫轮椅的扶手低声说着："嗨，我是保罗·布朗尼。你与原来的同学都分开了啊?"约瑟夫摇摇头。"别担心你会被孤立，"这位新同学说，"我会站在你这边，会一直照看着你。"听到他这么说，约瑟夫欣喜若狂。凯西先生正在讲音韵学，而在他的课堂上，真正的人生戏剧也正在开始上演。看到这对窃窃私语的搭档，老师什么都没说。他能够体谅这样的场面。就在他的眼前，有个四肢健全的少年自愿和无法行走的哑巴少年为友。

保罗直起身子，开始把注意力投注在老师的授课上，约瑟夫则将目光转移到窗外的晴朗天空。海鸥在窗外飞来飞去，在约瑟夫的想象中，他悄悄地加入了这群鸟儿，与它们一起张开金色的翅膀。我已经冲破难关了！约瑟夫呐喊着，我已经竭尽全力地冲破了！而后，他转回现实，发现这堂课已经要结束了。他耳中滞留着凯西先生的最后一句话，然而，散逸四方的希望回到他身上。他惊喜于保罗的大胆接近。而且，时间将会证明，不只是保罗会接近他，无法言语的他也能够与保罗"对话"。

当学校生活随着时间之河逐渐流逝，约瑟夫开始设想着反问同学的问题。他考虑着想要询问的问题，像在测试他们对他的感觉。他把这些问题罗列出来：你会接受我血管中的男孩血液、贯通我大脑的男孩思维，以及我心灵中的男孩渴望吗？这些东西都和你们正常人一样。然后，他修正了一下先前的说法——并非与你们之中的每一个都一模一样，最大的不同在于，我被我自己身体的束缚所制约，因此必须修身养性，不沾染情欲。他暗自思量着这些议题。然而，让他大感惊讶的是，他的朋友们也同样提出类似问题，向他表示友好。"老天，约瑟夫！你一定很讨厌自己的抽搐，你一定想像我们一样行动，你一定恨透了人们对你发出的自以为是的评论，胡乱谈论你自动挥舞的手臂。你大概希望朝着他们的屁股狠捣一拳，然后说：'干你这只恶心的猪！'"约瑟夫对他们的话语积极反应，提高了他们的谈论兴致。他们谈及女孩、性爱，以及所有乱七八糟的事情，关于成人世界和他们的老式风情。约瑟夫感怀着大家的热烈情意，他们说出了他要命的挫败，融入他的内心世界。而且，他们帮着咒骂他不便的身躯，让他嗤笑不已。这种学校里男孩子们之间的同窗情意让约瑟夫心生暖意，让他与这些朋友系上了永久的纽带。

生命的另一面也同样待约瑟夫不薄。他的编辑在伦敦反复阅读他的作品。她早已习惯与那些能够畅所欲言的茸登菲德作者打交道，然而现在，她阅读的文字是从一个沉默无语的身躯内深沉涌出。当她深入约瑟夫百鬼夜行的创作世界，她被其中充满超现实主义风貌的奇特创意震动了。那样的声音总是与地狱深渊唇齿相依。

这位哑巴男孩作者对保罗·布朗尼说着，谈论他出色的编辑，承诺出版后要送给他一本书。

正当母亲推着约瑟夫前进时，鲜活的水仙花舞蹈着在他学校的腹地绽放。当时是午餐时间，他正准备看着母亲在山下的空地停车，发现有一封信在她的袋子里跳动。她先与保罗聊了聊，然后抓住轮椅的把手，把约瑟夫推到房间里面吃午餐。他微笑点头，询问那封信到底写些什么。她淘气地说："哦，等你看到那封信的内容，可能要乐得爆炸了。"他注意到那个信封非常大，当母亲拿出一本目录时，他高兴地要跳起来。那本目录是水仙花的嫩黄色，标题写着"一九八一年即将出版的新书"。看到这标题，他就已经高兴不已。等翻开书，在第二十三页看到自己的照片，他简直激动得不能自已。他的书《梦幻爆裂》（DamBurst of Dreams）将会以大字版本印刷。旁边还有一个边栏，写着这本书的缘起。

看到这本书的书名已经够令人兴奋了，同时还看到他自己的作者小传，他更加激动难言。他的名字用大号字印在上面，这让他感觉备受尊重。虽然他还年轻，可已经懂得人世间的狡狯手段。现在，他可以和这些文学家平起平坐！他惊叹着自己汹涌澎湃的感情，以及满心的欢喜。现在，这本书为他的生命带来意义。他终于找到自己再度重生的理由。

刚出道的作者总得四处打知名度，但是，约瑟夫无法发出声音说话。于是，宣传设计着眼于他的作品与生命故事之间的联系。广播电台与电视台来帮他的忙，连同报刊杂志的协助，一起为他空灵的诗句找出一个传播的通道。英格兰与爱尔兰的媒体齐声赞美约瑟夫，说他是个有胆识的新作家。BBC电视台与爱尔兰的泰勒福·丝伊尔娜电台合作，拍摄了一部关于他的短片。那部片子的工作人员跟随着他，床上、学校、写作、家庭生活，无所不及。约瑟夫将他的思想灌入这部短片，让他的文字与诗句为他说话。

在学校拍摄的过程中，工作人员首先采访他的班主任。在更衣室中，约瑟夫的好友们讨论着该如何设计户外采访。他们合力帮自己的朋友打点，帮他洗脸，帮他梳头。保罗为了要知道约瑟夫是否满意自己的打扮，还将轮椅高高抬起，让坐在上面的约瑟夫能看到镜中的自己。约瑟夫看到一张干净的脸庞与一身整齐的衣着，于是，他对保罗发出满意的信号。在走廊上走过的时候，彼得、保罗与法兰克讨论该怎么设计这场访谈。他们从约瑟夫可能有的回应开始设想，不过他对着他们摇头微笑，表示他一点儿也不在意。朋友们懂得他的意思，也一起笑了。他们感觉好像是同族兄弟，想要表示出彼此是多么亲近。坐在班主任办公室外边，约瑟夫的朋友们显示出对他的理解和亲近，想要告诉他，他们之间没有什么不同。

室外的拍摄过程令人感觉愉快凉爽，但是接下来，摄像机就转回教室内，拍摄上课的情景。艾利安·克莱格的教室是主要布景，而那天早上她的课程是地理。她仿佛当摄像机不存在似的讲着课，而她的学生被灼烫的光线熨出了玫瑰色的双颊。

公共媒体的注意力开始集中在残障少年作家约瑟夫·麦翰身上。广播节目制作组来拍摄关于他的采访片段，报纸与杂志派记者和摄影师来采访他。约瑟夫的家人告诉他们，这孩子如何与他人沟通，记者也快速学会了那些信号，明白他如何用眼神传达信息。这些记者早就熟读他的作品，不可能以为他的肢体残障会影响到智力。

几乎每天，身为作家的约瑟夫都会受到记者的采访。媒体工作者来自英格兰、爱尔兰，甚至丹麦、德国、意大利，以及澳大利亚。他这个傻孩子原先还担忧记者会将他的故事处理成煽情报道，然而现在，他见识到他们的专业素养。他明白他们都是负责任的专业人士，只是要做好工作，赶上截稿日期而已。

他读着那些专栏文章，倾听收音机的报道，收看电视的专题节目。他的生命故事与写作的关系被处理得很妥当。约瑟夫很高兴遇到的都是好记者，但是，没过多久之后，这个十四岁男孩受到了一次惨重的教训。

那个比一般人高大许多的新手记者，必须弯着腰才能进门。他的胡须非常浓密，背着一个紫色背包。当时时间已经临近傍晚。

这个不得要领的男记者与其他记者大不相同。他似乎完全不知道要撷取重点，也不好好记录。他甚至无法决定该邀请哪个家庭成员，充当他的采访对象。简言之，他让这个沉默着观察一切的男孩相当忧虑。

不恰当的问题从这个美国巨人口中发出，约瑟夫越发不自在起来。这个巨汉的大脚印似乎要踩入男孩听觉敏锐的耳中。那家伙一点笑意都没有，只顾着询问过去的事情。他明显地在搜索天才，但从未将注意力专注在约瑟夫身上。这个残障的男孩目不转睛地看着这个发问者，他看到这个男人赤裸裸的厌恶。

他从这个傲慢的记者身上感受到一股与生俱来的侵略性，这使他有种不祥的预感。

马修并未觉察到什么异常。他只是单纯地对这个美国人说明自己家族的渊源。"我父亲喜欢写诗弄文，也有文章在刊物上发表。"他说，"我有一个神甫叔叔，他也是个诗人。"但是，那个高大的男人并不感兴趣，约瑟夫可以清楚地看出这一点。后来，约瑟夫大概看出这个男人在打什么主意了，他决定让这个男人亲眼目睹他是如何打字写诗，领教他的创作如何进行。他邀请这个记者来到书房，当场打了一首诗给他看。然而，在他努力的过程中，他无法不听到对方无趣的哈欠声。他将这首认真创作的诗递给那个男人，可是，对方岂会明白这样的美来自于看不到的奋斗！

暂时无法兼顾学业与媒体活动，约瑟夫只好请几天假。校长从眼镜框里注视着他的眼睛说："完事之后，要好好给我来上学。"

学业对这残障男孩而言并非问题，他对学习很感兴趣，但更让他兴致盎然的是人际关系。他的同性朋友圈越来越大，女性朋友也越来越多。他与别人的对话越来越自然，人际交往也更加大胆和融洽。

车轮与马路擦出火星，总在每个星期一早晨营造出火暴的气氛。狂乱的男孩和女孩从车上跳下来，赶着去上学。然而，可怜的约瑟夫总有咫尺天涯的感觉。在早上拥堵的车流中，他只能够卡在爸爸的车内，由于焦虑紧张而汗流不止。就算他与校门只隔着几步路，在交通畅通之前，他也什么都无法做。然后，随着车上收音机播放的九点新闻开始，他长叹一口气，终于放弃了。当校长和老师们赶鸭子般地簇拥着学生准时上课时，他迟到造成的混乱不啻于天使莅临地狱。他的朋友们目瞪口呆地看着这片混乱，却由于朋友的到来而欣喜。为了缓解这样的局势，麦蒂考特先生会转身瞪着这些观众，仿佛是给予迟到小孩的无声支持。

娜拉与马修结成一个小组，轮番接送约瑟夫上学。五月六日，星期三，娜拉打了电话到学校，说中午就接他回家。她让约瑟夫坐在副驾驶座上，随意漫谈着。他完全没留意到她有什么异样。回到家以后，她将他安放回轮椅上；经过客厅时，他留意到桌上并没有他的信件。母亲把他推到厨房，倒了杯牛奶给他，然后又将他抱离轮椅，带他去上厕所。直到他第二次被安放在轮椅上，她才打开一个厚实的信封。当她把东西拿出来的时候，表情非常认真。他只看到封面的侧影，不过，他立刻僵住了，嘴巴惊愕地张大。他看到一整本书，被满脸笑容的母亲捧着。她让他看封面与封底。他看到自己的名字印在上面，名字也回视着他。约瑟夫沉浸在巨大的喜悦中，想看他的文字变成铅字的模样，想看他的诗句如何显现在纸页上。他看到自己的句子铺展在书页之间，文字惬意舒适地彼此交谈。母亲将他紧握的拳头松开，将书放在他触手可及之处。他的眼睛满载着这些景象，松开的手掌让人感到孤单。他的眼眶由于欢愉的汹涌狂澜盈满了朦胧的泪水。他仔细看着，但是不只看到追寻已久的答案，还看到自己手中掌握的东西。他的手指隐密地触摸那闪亮的硬皮封面，心底私自算计着放手的时刻。然而，他紧抓不放的手指还是迟疑了一下子，才赫然松弛摊开，让那本金黄色的心血结晶掉落在厨房地板上。

每星期三，弗兰尼神甫总来施行圣餐式，这一天也没有例外。这个敏感的老头儿注意到约瑟夫在接受圣饼之前，迟疑了很长的一段时间。仪式结束后，神甫总会在麦翰家多待一会儿，喝杯茶或是聊聊天。神甫一如既往地走入厨房，让那个男孩留在原地独自感恩。

约瑟夫的感恩词相当丰富。他全心全意地感激他的上帝，乞求上帝宽恕他的怀疑，并特意对着厨房里的书本点头。我能被解放吗？他乞求着，我能得到长久的、属于未来的涤清吗？

当约瑟夫努力地摇着轮椅发出声响时，他安静的感恩仪式结束了，母亲将他推回厨房。当男孩对着弗兰尼神甫微笑时，他的眼底闪烁着灿烂的光芒。"你是怎么了，约瑟夫？"神甫问道，"你在学校遇到什么麻烦，还是被某件事情困扰？"娜拉把信封封口打开，递给神甫。她说："这孩子说在你察觉到不对劲之前，先不要拿给你看。""这是什么？"神甫问道，然后把信封打开。"这是他的书，他的书哪！"将书取出后，神甫紧抱着它，里里外外地检视着。"约瑟夫，"他喃喃地说，"恭喜你，你是个了不起的孩子，这真是太美好，太美好了。"这个伟大的圣者就像约瑟夫与雅薇妮的叔叔一样。他坐在那儿，不停地翻阅着书，偶尔会抬起头来对着约瑟夫微笑，暗示说他自己也加入了约瑟夫击败困厄的庆贺仪式。

星期四，早晨，《梦幻爆裂》与它的作者一起上学。那本书就躺在他的身边。他一直想要达成的目标，就是要和其他人一样正常地生活。如今，身边的一切都是他竭尽全力，以残障之躯创造出的成果。当然，同学们都承认他与大家有同等的智力，但是无论有没有那本书，他们都以怀疑怜悯的目光看他，从未将这样的目光移开。他完全不想改变他们的想法，他的书不是为了他们而存在。躺在他旁边的诗集，是为了要献给他的朋友们和那些敏锐善良的老师。

老师们将约瑟夫与其学生一视同仁的态度，挽救了他的心灵。他们把他当成一个调皮的孩子，要他和其他学生一样忙碌奔波。看着这群老师，约瑟夫同时又想起一个例外。那时候，他发现有一个老师从未正眼看过他，从未问过他一个可以回答是或否的问题。事实上，他从不认为这个坐在轮椅上的孩子也是个正常人。约瑟夫想要让这个人正视他的存在，于是他设计了一些对策。当这个老师询问大家是否明白他讲的内容时，他不断地弯腰点头。可是，倘若对方根本不看着他，他要如何传达他的信息?! 约瑟夫只好告诉自己，就算一个教师将集体性偏见投射在一个学生身上，那也不表示他的行为就是正确的。

因此，他把书拿给大家看。他的朋友们推着他的轮椅，走在老师之中。约瑟夫羞怯地对他们的祝贺点头致意。最后，他的书不翼而飞，跑到了教职员休息室去! 他当然不介意——既然他已经享有这些美好的果实，何不将它们与朋友分享?

12　奴役制度的消除

迎面而来的是六月的伦敦，没错，就是约瑟夫认为是他文学救世之都的地方。他的母亲将成为他的朗诵者，她得把自己当成约瑟夫的代言人。广播电台与电视台争相采访她。在沉默的约瑟夫无法参与的前提下，他们盛赞他的才情，惋惜他无法亲自念诵自己的作品。端坐在摄像机前面，娜拉出现在电视屏幕上，谈论的主题是她儿子的书。在广播节目中，她谈他的残疾，以及他善于倾听的天赋。约瑟夫坐在家中，听母亲述说她眼中的自己的人生。电视给予他某种视觉上的便利，可以让那些在他生命故事中粲然发光的人们再度出现。更为精彩的事情发生在伦敦。按照历史传统，文学史上的知名人物总是会被列举到伦敦近代艺术学院的文学家名录上。当《梦幻爆裂》甫一出版，这个著名的文学庙堂竟然为这位年轻作家辟置了一个地方。于是，来自于爱尔兰，承接着乔伊斯与贝克特的光荣传统，这位才情洋溢的少年作家与他的著作立刻进驻一九八一年六月十一日里丝托纬尔作家之周的午宴现场。

彼时彼地，就在盛产棉花的南方大地，美国的奴隶要求废除奴隶制度。而在一九八一年的伦敦市中心，长久以来绑缚在年轻约瑟夫身上的奴隶锁链得以去除！苍翠清新的景致如同风中逍遥逝去的爱尔兰古老传统。

约瑟夫的书被英格兰与爱尔兰的批评家盛赞，就连只专注于《伊利亚特》等古典史诗的评论家也开始注意这个孩子——年轻气盛，却充满了明锐的智慧。当《梦幻爆裂》开始有平装版本发行时，约瑟夫赫然发现他在十天之内成为了一个畅销书作家。繁花盛开的出版界已经加冕了这本书，约瑟夫沉默的梦想已经不再沉默。

凯里里丝托纬尔的作家之周是爱尔兰的文学盛事之一，它在每年夏天举行，吸引了来自全世界的作家与艺术家。约瑟夫兴奋异常、紧张羞怯地应邀以荣誉嘉宾的身份出席盛会的开幕典礼。他与主办人会晤，在会场上无比快乐和放松。演讲者是布兰丹·康纳利博士，著名的圣三一大学教授。当被介绍到这位少年作家面前时，他用一朵盛开的玫瑰向约瑟夫致意。直到那时，约瑟夫才发现自己已被介绍给广大的来宾。他的膝盖上放着那朵暗红色的鲜艳玫瑰，露珠凝垂于花瓣的芳香上。"没有人能够生产出一个诗人，"康纳利博士向大家介绍约瑟夫的时候说，"但是，当我们看见这位坐在轮椅上的小家伙，我们看到了一位诗人。如今，他是一位真正的诗人。"可怜的约瑟夫几乎无法抑制落泪的情绪，只好专注地品味着玫瑰的馥郁芳香。

紧接着，这个盛会进入了有趣的宴乐阶段。他本来可以轻松地享受美味佳酿，却被一群兴致勃勃、争相与他谈论艺术的画家包围。对约瑟夫来说，这次盛会的高潮就是约翰·肯因——伟大的剧作家与讲故事者，认为他必须要劝告年轻的约瑟夫几句话。他低声在约瑟夫的耳边说："来这儿，你必须明白关于女性的一些事情，否则，你当一个作家就不够格。"他给他忠告，"我有重要的事情要告诉你。"他推着约瑟夫的轮椅，把他弄到好奇的耳朵听不到的角落。然后，他从口袋里掏出一条宽大的手帕，擦拭自己与约瑟夫的嘴角。他们正襟危坐地开始谈话，但是，当约瑟夫倾听到此人的女人经大全时，心中不禁对山顶圣殿男孩们对自己的调教感激起来。约翰兴奋地谈下去，约瑟夫不禁吃吃窃笑，笑声从他心中溢出来。夜晚幻化为白昼，白昼永不消退。各种鬼灵精主意在他脑海中千回百转，眼前的这个家伙却一点也不知道。人们正好奇猜测着这对不相称的搭档究竟在搞些什么花样，可约翰又迅速从喜剧角色转变过来，开始谈论起灵感的来源，以及自己的缪斯——靠近里丝托纬尔的一条小溪。约瑟夫只能够倾听与点头，但是，他深深为这位忠诚的凯里人的谈话着迷。

　　就在里丝托纬尔，约瑟夫品尝着成功的滋味，走向他的未来，凯里地区的歌谣一路伴随。这个少年认为自己没有真正的敌人。次日，他在里丝托纬尔的街道上散步，漫步在愉快的时光之中。在集市上，他贩卖自己的属文能力，而他的乡亲们在兜售工匠的技能。他本人也是农人后裔，浸淫于这样的氛围，当然感到舒适自在。他坐下来，注视着神情严肃的主人买卖家畜。他看到小羊与猪仔被买进卖出。安静站着的马突然间溢出干瘪的尿液，尿液洒向四面八方，人们不得不仓皇可怜地收拾乱局。一旁的约瑟夫注视着凯里地区的人民。健壮的农夫一边喝着大杯装的建尼士啤酒，一边在心底狐疑着，这个惨绿少年来这里做什么？强烈的好奇感从他们的眼神中流露出来。可是，他们岂会知道，这个惨绿少年其实也是和他们一样的农夫后代呢！

13　凉爽的绿色花园

当约瑟夫回到位于克朗塔夫的家园，沉默的消息等着迎接他。爸爸马修给他看报纸，上面报道他去凯里参加作家大会的消息。接着，有些突兀地，爸爸转换了话题，"哦，我差点忘记了，有一封你的邮件，我把它放在起居室了。"爸爸将那封信拿到厨房，打开之后，从褐色信封里掏出一本杂志。他浏览了目录之后说："原来是那个美国人的专栏。"他翻到那篇文章，开始阅读。不一会儿，他骤然停住，注视着约瑟夫。"怎么啦，爸？"雅薇妮问。"没什么，只是一小篇无趣的垃圾文章。"马修回答。娜拉本来在准备晚餐，现在也跑过来瞄着那本杂志，带着疑问。雅薇妮越过爸爸的肩膀浏览着。约瑟夫开始不耐烦了，用足尖打着拍子。雅薇妮问："我可以看吗，爸？我来大声念出来。"她瞄着她弟弟，握着他苍白的手说："你有大吃一惊的心理准备了吗？"她捏紧他的手，然后开始朗读那篇文章。

约瑟夫没有费事去看那篇文章，只是将自己的下巴垂在胸口，专心听雅薇妮朗声将那篇侮辱他的文章念出来。他听到那个记者对自己的质疑，感到利刃插入肩胛骨。那个家伙故作博学的姿态让他似乎闻到烧焦的皮肉味。但是，他的躯体感到冰冷无比。"他怎能这样撒谎?!"娜拉大声说道。"他怎能这样欺凌一个无助的孩子?"马修难过地问。"可不能就这样放过他!"雅薇妮怒冲冲喊道。约瑟夫只是静悄悄地思索，那个美国人为何故意不提自己专门在他眼前写出来的那首诗?

雅薇妮将那本杂志扔到地板上，沉默笼罩了一切。她拥抱着自己的弟弟，但此刻，他没有气力回应她。

那个残酷、妄自尊大的美国人，在文章中暗示约瑟夫·麦翰是个骗子，显露出他小报记者的尖酸嘴脸。这个毒蛇心肠的诽谤者说，约瑟夫从未让别人观看过他打字。虽然约瑟夫还只是个孩子，只是个残障者，只是个天真的人，他已经成熟到足以对抗那样的邪恶。他绝对不要被那种邪恶打倒。

然而，邪恶的行径总有办法削弱勇者。娜拉看到约瑟夫的挣扎，感到他软弱起来。她打开后门，让绿色花园的清凉空气吹进来。他一边挣扎，一边拒绝被击倒，不想让那股灵魂深处巨浪般袭来的悲哀与愤怒控制自己。不过，他的母亲似乎看到他无边沉默背后的伤痕。"别把他放在眼里，约瑟夫。"娜拉说，"那种懦夫不值得你将他放在眼里。他没有你的胆识，也无法摧毁你。只要咬紧牙关，等着看他这篇烂文章的下场就好。"然后，她将双手放在他的肩膀上，深深地凝视他，"的确，若要正面迎战这种人，现在你还太年轻了些。"

马修沉默了许久，终于决定为他的孩子打气，"听着，约瑟夫。当他连一个字都写不出来时，世人还会在阅读你的东西。所以，振作吧，根本不用理会他！"

全家人都关爱着约瑟夫，可尽管如此，晚上上床睡觉时，他还是流下了伤心的泪水。他安静地抽泣着，感觉深受伤害。那篇文章对他的攻击也许在日后会被遗忘，但是一个心智正常的男子竟然将约瑟夫竭尽所能用文字表达自己的努力，与一只套上嚼子的驴相提并论，他永远难以忘却。这样的伤痛让他永远无法自由，无法获得对人类的信心。他责问着上帝——这样一个伟大的上帝，怎么能够旁观着一个无法言语的残障者因为无法发出声音，就被另一个同类残暴地攻击？！

约瑟夫现在想要让上帝知道，自己对他的看法。当他和马修沿着魏秾大道行进时，爸爸自顾自地说着话。约瑟夫没有听，他一次也没有回头看爸爸，笑也不笑，一句话也不应答。马修似乎没有留意到，或许，他选择忽略这一点，专心当个兴高采烈的聊天伙伴。

当他们来到教堂巷附近，马修本来想按照原来的路线行进，可约瑟夫突然转过身子，用头示意去施洗者约翰教堂。"你想去教堂啊？"爸爸问，然后将轮椅推入教堂巷内。

马修将约瑟夫推上祭坛，轮子发出"咻咻"的声响。他将轮椅推到神像前方，找到一个位子跪下，开始祈祷。他的儿子呆滞地注视前方，故意无视祭坛的存在。

马修祈祷完，看着约瑟夫，低声问他："你准备好了吗？"约瑟夫点头，于是爸爸将轮椅往前推，走下祭坛。但是，孩子颤动了一下，向旁边的小教堂点头示意。"咦，"马修问，"你想要看十字架吗？"他将约瑟夫推到里面，看到墙上悬吊着一个等身大的十字架，还有一尊耶稣基督像。耶稣的脸庞被沾满污泥的血痕覆盖，头上带着荆棘冠，他美好的双眼变得空洞，朝上凝视。他的头向后倾，喉咙处血管紧绷，手脚被钉在十字架上。然而，约瑟夫在那天看到的，不是这忧伤的景象。他心中正在寻找责问的对象。这个叛逆男孩发亮的双眼注视巨大的十字架，将左手招摇地旋转一圈，对着耶稣伸出中指。他急促地呼吸着，秋风扫落叶般迅速地注视了爸爸一眼，要他把自己推走。

就在那一天，约瑟夫·麦翰心中潜藏着最巨大的恶魔。他被邪恶考验，委身屈服。他感觉自己威力无穷，并尝到了新鲜的狂热和喜悦。他告诉上帝，十字架上的你如何对待我压根算不了什么！

马修推着他往前走，在弗尔龙街头买了晚报，可约瑟夫似乎一点都没有留意这份来得不是时候的报纸。无助的男孩心中挣扎，他垂下头。他将自己深锁于内心的思绪，但是，地狱自有其绝妙的酷刑。魔鬼开始哄然大笑时，他还在回家的路上呢。想想看，如果你叫上帝滚开，接下来，厄运就开始了；想想看，你要那个钉在十字架上的耶稣闪开；想想看，你胆敢在圣十字架前口出秽语……

马修一点都没有留意到孩子的异常。他将约瑟夫的注意力拉回圣安公园的足球赛。"我们去瞧瞧好吗？"他说。但是约瑟夫故意猛力摇头。现在上帝投掷了悲伤，男孩迟疑起来。一只小鸟翩然飞过，悲伤窃入他的灵魂。车子的喇叭声响起，约瑟夫抬起头来，刚好看到他伟大的朋友约翰·弗兰尼神甫的调皮笑容。他的灵魂如遭雷击。后天，他会让我领取圣餐。约瑟夫的良知开始启动。现在，我到底该怎么办呢？他踟蹰着。

那天晚上，他把心灵封锁在自己的身躯囚室中。他感觉得到自己好像牢笼栅栏一样的肋骨，然而，笼中的小鸟甜美地鸣唱，讥笑他的绝望、浮华，以及虚荣。所有的一切都是虚荣，他清明的神智如此断言。伴随这个冷峻裁决与他一起上床的，是他男孩子的冰冷声音。

他这个不配享受美味佳肴的家伙，承受着上帝对自己的审判，被自己的良心针砭。约瑟夫感到惚您难安。浮华是他的罪恶，虚荣造就了他的堕落。

麦翰家的星期六总是异常忙碌。这一天，他们尽情地放松享乐，过起正常人的日子，虽然日渐习惯的麻木也是这种生活的一部分。娜拉会出去逛街，烤面包，煮一顿大餐，清理屋子，有时候还会扯上女儿来帮她的忙。新鲜的花朵躺在水盆里，她的内心坦荡真实。当她初次认清那个美国记者的嘴脸时，也感到无比受伤。不过，她有一颗满怀悲悯的金色心灵，能够赦免那个男人的卑劣行径，以及他的邪恶动机。

由于灵魂的躁动而感到羞愧，约瑟夫现在也需要赦免。不过呢，既然没有人知道他的叛逆行为，也就没有谁能够赦免他。

他就这样呆愣着坐在厨房里，看着家人为星期天的聚会作准备，自己什么忙也帮不上。娜拉正在安置采购的成果，她将洋葱放在一个塑料盆里，又发现马铃薯快要不够了。于是她转向家人说："你们知道我忘了买什么吗？——马铃薯啊！有谁愿意帮忙跑腿买一些来啊？"雅薇妮继续看报纸，相信只要自己保持原来的姿势不动，不抬起头来，就不会惹上麻烦。约瑟夫在座位上颤动一下，头指向马修的方向。"别看我，"爸爸说，"我明天又不会在家，不可能消耗家里的马铃薯。"娜拉笑开了，她对约瑟夫说："只要你一直盯着他看，最后他就会放弃抵抗。"约瑟夫正需要到教堂去忏悔，如何去那儿可是个大问题。所以，他继续那哀求示意的游戏，直到爸爸说："好吧！可你怎么背那袋马铃薯啊？"约瑟夫表示，他会把它们放在膝盖上。"好吧，"马修说，"那么，我们就去买一袋马铃薯回来。"他将约瑟夫安顿在轮椅上，一起出门去商店。

到目前为止形势发展都很好，男孩想着。马修推着他在超市里漫游，他们好像一对同伙秘密商议着，最后决定买一袋"金色奇景"牌的硬石状马铃薯。马修将战果放在孩子的膝上，准备打道回府。就在这时，约瑟夫带着疑问的眼神看着他。"你要干吗啊？"他问儿子，"你想去其他地方，是吗？看我神机妙算猜猜，你想去哪儿。"他说了许多可能的地点，但是约瑟夫都没有反应。直到最后，他才醒悟，"难道，是要去教堂？"约瑟夫热烈地回应。"可我们怎么绕一大段路去那儿呢？"疲惫的马修问。可是，儿子用充满哀愁的表情向他进攻，心软的老爸满怀长辈的慈悲心肠，答应向海边的教堂前进。

男孩心中暗自嘀咕，经过这一番算计，如果神甫根本不在那里，可就是白费工夫啦。不过，既然他的车子在这附近，他人一定也没走远。果不其然，当他们带着马铃薯走进教堂时，神甫就等在那里迎接他们。"你跟着这堆马铃薯来这里干吗，马修?"这个开朗的男人跟他们开玩笑。约瑟夫笑了，但是他的眼神充满哀求。他注意到弗兰尼神甫手上的紫色领巾，于是凝视着神甫，从眼睛到手掌。但是，神甫似乎并不明白他的暗示。马修正和神甫聊着天，可他的小孩正暗地里希望制造一个奇迹。弗兰尼神甫转换话题，聊起了他的家乡莱特因。约瑟夫暗自加快暗示的频率，盯着神甫的脸庞，暗忖着下一步该怎么办。这个圣人目光又看向他时，他又开始眼神接触的游戏。"我们得走了。"马修说，约瑟夫竭尽所能地盯住神甫。"等等，"神甫说，"你是想要告诉我什么吗，约瑟夫?"马修的注意力也被吸引过来，目光转向他的孩子。约瑟夫继续低头看着神甫的手，又看回他的脸。"他一直在看着我的手。"弗兰尼神甫张开他的手掌，将他的领巾摊开。"你是想要忏悔吗，约瑟夫?"约翰·弗兰尼神甫问道。于是，约瑟夫在他的轮椅上手舞足蹈起来。

轮椅轻触小祭坛，如同母亲亲吻她的第一个孩子。约瑟夫以前有忏悔的经验，可今天他犯有严重的冒渎之罪，还带着马铃薯进教堂，这可不是小事。弗兰尼神甫将轮椅推进小教堂，关上忏悔室的门。他让男孩留在耶稣像下方，把领巾环绕在自己脖子上。神甫代表着赦免忏悔者罪行的耶稣，于是，他以神圣的三位一体之名赦免了约瑟夫的罪。

星期六下午，约瑟夫·麦翰这个罪人带着欢快的心情回到家。他看着自己的老爸，乐不可支。"你看起来可真不赖。"马修念叨着，"你是费尽全力，要让热水煮沸啊!"孩子哈哈笑着，不断地重复表示认同的信号。

由于被忏悔仪式滋养，隔天早上约瑟夫仍感到无比快乐，喃喃着感激上帝赦免自己，并为过去的行为忏悔。他内心充满喜乐，迫切要和大家交谈，于是随即加入了家人与神甫的欢快谈话。母亲将他推向厨房，告诉神甫关于那个美国人侮辱约瑟夫的事。她叙说着自己的孩子因为被当成一个骗子而无比低落。神甫一边倾听，一边久久地看着约瑟夫。"哎呀，约瑟夫！别理会这种东西，那家伙不过是想要制造纷争。可是，不是每个美国人都是傻瓜，他们自己能够读出事实。"

然而，无论是书籍、记者、摄影师，还是伟大的弗兰尼神甫，都必须先暂时与麦翰家道别。这个家庭需要好好休息与独处。自从约瑟夫的诚实遭到侮蔑，他战栗受创的心灵需要休养。他们决定收拾行囊，去凯里一带旅行两个星期。他们需要放松身心，约瑟夫更需要时间愈合伤口，以便日后能够继续创作，以及坦然地面对自己。

对麦翰一家而言，休假时光是他们的一切。休假对于马修来说，代表着高尔夫球；对于娜拉，是彻底休息一阵子，远离家务与厨房；对雅薇妮而言，是离开书桌，出去社交或者打网球。对于约瑟夫来说，则是漫长愉快的垂钓时光。陪伴着他的新同伴，就是那群在史凯里格（Skellig）大礁岩上屯垦的基督教徒。

史凯里格岩石的一条神秘曲线，飘荡在约瑟夫年少激越心灵的荒漠。打从第一次注意到这个古老的荒屿，他就觉得被俘虏了。他反复观察那些神奇的景观，比如日落时的大海。岩石美丽的剪影落在他的心底，这个鬼斧神工的造物是大自然的神品，被无以计数的浪头冲打。在他不屈不挠的心灵中，史凯里格开辟出一条生机勃发的甬道。

伟大的史凯里格礁岩从海浪中诞生，十二英里长的水浪将它与爱尔兰本土切割开来。虽然无人居住，但它还是亘古如常地伫立于此，充当见证古老时代人们对抗自然，战胜绝望的碑塔。就在许多个世纪之前，一些教徒开始在它上面定居。这些早期基督徒从自然的地狱中开垦出一个人间天堂，他们在粗粝的岩石中搭建蜜蜂的蜂窝，在怒吼的风浪中开辟出绿荫之地。他们听到神恩流入心底的天籁。如今，他们已拥有足够多的泥土来埋葬逝者。他们从海洋中获取一块块土地，用彩色船只载回泥土，将这些泥土运送到约莫六百步高的墓地。

> 被热烈燃烧的夏日所灼伤，
> 同时被霜冷红月所烧伤，
> 他们日以继夜地受苦。
> 然而，一旦天光点亮他们的
> 白昼，天际破晓，
> 一群高亢的乐队见到
> 点燃天空的胜利火花。

每当忧伤与狂怒侵袭约瑟夫年轻叛逆的灵魂，他就对自己诉说这个故事。被四肢健全的家人们簇拥，他来到凯里，加入这群体魄强健的人们。虽然行动如此不便，他还是奋力攀爬着属于年少时光的山崖，礼赞史凯里格之名，想要打造出一段灿烂美好的回忆。在鸟群的陪伴下，他听到蜂窝中传出耶稣低微的吟唱声。这声音穿透遮挡，传播到人们小丑一样的面孔前。

当这一家人从度假胜地凯里郡回到家，他们都养精蓄锐，晒足了太阳，准备向下一段人生进发。多变的人生还在前头，而此刻的约瑟夫已经恢复常态，准备迎接新的挑战。他原谅了那个美国记者，不再用先前的态度看待那件事。

14　"头冒金星"

美好的夏日逐渐远去。如今，忧郁的男孩已经告别昔日，勇敢迎接即将到来的新生活。九月开始时，山顶圣殿迎来了新学年。约瑟夫正式迎接五年级的到来，以及随后的挑战。他再度发现自己搁浅于浅滩上。如同往常一样，他的挚友又换了主修课，约瑟夫的主修不变。其他同学为了找到与自己性格相适合的路子，都更换了班级。为了自身需求，约瑟夫又找到了愿意与他交好的新同学。史蒂芬·莫纳翰、葛雷格·嘉拉格、海伦·谢尔、肖·葛洛弗，以及约翰·凯里，这些人接纳了他，学会了他独特的沟通方法。他们一起孕育出欢乐的同学之谊，不再让他孤单一人。老师们从未过度干涉约瑟夫的事情，他总是可以独立选择他的朋友，或是自个儿独自挣扎。幸运的是，五年级的男女同学都很乐意当他的朋友。这些朋友与他既有的老朋友一起，让约瑟夫本来单调的生活开出热闹的花朵。

和新朋友一块儿，约瑟夫找到了生活中的新乐子和新节奏。当这群调皮的孩子想要逃掉法语、艺术、历史，或是数学课时，借口变得越来越大胆，并浓缩了高度的创意。他们通过门孔，窥视着教室里面。"我们被点名了吗?"他们问，"我们能不能更晚一点进去呢?"他们偷偷摸摸地想要开门溜进去，却发现门已经上了锁。于是，他们额手称庆，欢天喜地溜到走廊上，享受逃课的自由。当遇到班主任时，他们会找出借口来搪塞。可怜的班主任有时候会相信，他们真的是为了帮老师跑腿，才在这时候出现在外头。约瑟夫的健康状况非常良好，但是，他偶尔得装成不舒服的样子，为的就是要配合他们的借口，说是因为他不舒服，所以才需要有人推他到外头来透气。无论怎么样，一旦到了外面，就如同约翰·凯里所说的，大家就会进入"要命的哲学式谈话"。

　　约瑟夫在学校与朋友们分享神机妙算的快乐，在家里感受到无上的荣耀。他的书为他与家人带来巨大的声名，他们是他隐秘历史的一部分。但是，由于他们与他形影不离，以至于也一起暴露在聚光灯下。他对着光辉永驻的风景点头，暗地里感叹家人的艰辛。母亲为约瑟夫担忧，他对这一点倒感到有趣。娜拉受邀去伦敦的撒维宾馆参加本年度的"英国女性餐会"，她是他们的荣誉嘉宾。"我才不在乎呢!"娜拉说。可是，那一天将同时举行国际残障人士的纪念年会，娜拉至少得因为这个缘由，在年会上演讲。

　　约瑟夫好整以暇地坐着，看着母亲准备演讲词。她不断地变换台词，以"我只能讲四分钟"来为自己找借口。看到儿子忍不住窃笑的样子，她转向他说："你这下可觉得好笑啊，看看你给我带来的这种好事。我以前从未在超过四个人的面前讲过话啊！可是，这回为了你，我得在六七百个英国女士面前开讲。所以，把你那个咧嘴笑的德性样子抹掉，如果你知道怎样做对自己比较好。"

"别担心，妈妈。"雅薇妮说，"我会在你不在的时候掌控大局。"娜拉要在伦敦度过整个周末，这下得让马修喂约瑟夫吃东西，带他上床，上厕所。雅薇妮帮娜拉整理家务、购物，以及煮饭。她问爸爸："约瑟夫现在的排便情况如何？""不太好。"马修说，"但是甭担心，只要妈妈一回来，马上就可以轻松了。"约瑟夫完全同意爸爸的话，但是目前是雅薇妮在做主，包括处理他的排便问题。约瑟夫也只好顺着她。可他私下明白，自己根本不需要马格那撒亚的通便牛奶；更重要的是，他知道自己根本不需要两大匙这样的玩意儿。但是，他就是得吃这么多。雅薇妮相当自豪于她的喂食技巧，而约瑟夫也自豪于自己的忍耐。他暗地希望自己的直肠乖乖听命，但它们硬是不听话。

娜拉在伦敦午餐会上的演说得到好评，甚至连公主都注意到她。BBC电台为这个高潮性的事件做了个专题，约瑟夫坐在家里听着他母亲的声音从伦敦传过来。当她在英国女性年会的典礼上得到一个奖牌时，他也带着孩子气的喜悦笑起来。

娜拉回到都柏林，约瑟夫的生活也跟着回归正轨。她载着她的孩子到学校去，而他以为再也不会有马格那撒亚牛奶的恐怖招待了。但是，就在那一天，他的大肠竟然还残存着通便牛奶的遗留物。在科学课已经开始时，他的大肠威胁着要羞辱他。

他决定把注意力集中在莉丝老师的课堂上，忽略自己的生理现象。但是，他小看了这东西的威力。当一群摩托车手一般的东西在他肚子里来回冲撞，他尝试安抚自己的肠道，却只觉它们更加喧嚣躁动。然而，约瑟夫硬是将它们压制下来。他感到忽冷忽热，害怕但是不屈服，忧虑但还是紧咬牙关。冷汗从他脸上冒出来，他的视线变成黑压压一片，血管紧绞着他的双腿，他的五官写满了危机。当他想到，直到午餐时间娜拉来学校之前自己都不得解脱，差点没有昏厥过去。随后，他的视线恢复清晰，这回已经没问题了。但是，下一回呢？下课后，约瑟夫终于挽救了自己的名誉。他的朋友爱维尔带他到户外去，他沉浸在走廊上的清凉空气中。

上午的休息时间过后，大家都回到课堂上，专心听科学课。但是，科学对于一个生理需求急迫的家伙实在没有即刻的帮助。他得立即清除掉体内的废物才行。坐在他旁边的爱维尔·汉得森察觉到约瑟夫的额头涔涔冒汗，他从轮椅的附设口袋里掏出一张纸巾帮他擦汗，并且低声询问："你还好吧，约瑟夫？"除了点头之外，他还能说什么呢？他知道这些新朋友对他负有的责任感，但是若是要求他们带他去上厕所，却是打死他也无法开口的事情。当他实在难以忍受时，他会请他们帮他呼救，他让他们知道他非常感激，无论他们帮他擦脸还是擦鼻子。当他身不由己地抽搐时，他们用力扳开他的牙关，免得他的舌头在痉挛时被咬伤。这些棒极了的同学每天都悉心照料他，他们从不抱怨，还把更多人带入这个朋友圈中。对于其他学生刻意忽略约瑟夫的存在，他们愤怒异常。但是，约瑟夫看到一些更深刻的东西。在那些看似冷酷无情的学生中，约瑟夫感应到他们不知如何是好的心情。这样的无助使他们无法靠近他，于是，刻意的忽略掩盖了他们的不知所措。为了朋友着想，他决定撑下去。我会等到午餐时间，他鼓励自己说。但是，那股喷溢而出的冲动每一刻都折磨着他。他感到虚弱、忧虑，并且无助。如果我能够找到雅薇妮……他想着。但是，正当他想着要如何拜托她时，体内的摩托车骑士又再度轰轰加速。他咬紧牙关，意欲为自己的尊严作最后的挣扎。

下课之后，学生们被邀请参观一个巡回旅行演出的剧团。他们在清理出来的图书馆表演。这个剧团实在不得了，只不过，担任小丑角色的演员出色到让一个男孩无助地投降于生理需求。为此，他感到无比受伤，丢脸又耻辱。

当娜拉说"除此之外，你又能够怎么办"时，约瑟夫的罪恶感才被驱走。但是，保罗·布朗尼为此感到愤怒。"你干吗不说出来，要我带你去洗手间呢？至少也该告诉我，要我打电话给你妈妈啊！但是你死撑着，要当个超人，不给任何人添麻烦。你这算是什么朋友啊！"他的朋友难过地叫嚣着。而可怜的雅薇妮一反喂他吃饭时的自信，大受打击。娜拉告诉她关于那场排泄风波的事情，要她以后不得再这样任意操纵她弟弟的身体。那个晚上，大家都睡着时，难过的雅薇妮偷偷跑入约瑟夫的房间。"你睡着了吗，约瑟夫？"她低声说。看到他的头转向她，她说："我这样害你受罪，真是罪该万死。"他想对她说，别在意了，但是她轻轻地将手放在他的嘴巴上。"嘘！别吵醒爸妈，我只是要告诉你，我非常、非常地抱歉。我会设法弥补我造成的损失，你等着瞧吧。"她轻轻地吻他的面颊，然后一如来时一样，悄然无声地出去。

这场排泄灾难之后，约瑟夫迅速忘记自己的丢脸事迹。如今的生活让他心旷神怡，让他的心底充满欢喜。他将三次去英国赴约，还被告知获选为爱尔兰的年度人物。

那个颁奖之夜是他的生命中最精彩绝伦的时刻之一。他只有十六岁，但是评审们认为他"对于爱尔兰社会有着极大的贡献"。由于这一年同时是国际残疾人年，所以，评审们希望得奖者能够面对全体观众来一场演说。约瑟夫非常震惊，首先是他获选，然后是他又被推选在这种隆重场合发表演说。要在政府官员、法官、医学界人士、教育界精英、媒体代表……这么多重要人士面前发言，让本来就沉默的约瑟夫越发安静。长久以来，他禁锢于自己的身心处境，被误认为是个比白痴不会好到哪里去的残废。现在，他却能够以自己的存在光耀整个会场。

戴着一条领带，活力充沛但也非常沉静，约瑟夫被推到装饰华丽的演讲台上。当他上台时，军乐团吹起胜利的号角，所有观众都屏息以待，热烈的掌声响彻整个会场。这个残障孩子被如此热情的欢迎震撼不已。

当被荣光包围时，他同时又感受到千万人逼临的恐怖感。从高处的演讲台上往下看观众，他看到人们对自己演说的反应。他默默看着观众，看到人们的泪水被迅速擦拭。但是，他并没有去关注，因为他有事情要做，有使命要完成。

他不断地看着他母亲。她就站在后面，替他宣读演讲稿。

她以他的信号为指令，配合自己的敏感，充当他的代言人。她将约瑟夫的讲稿握在手中，一字一句地念出来："一个脑部残障的婴儿无法知道，为何母亲无法与他沟通。除非他能够得到父母的爱，以及让他成长的激发元素，否则他的灵魂无法得到成长，智障将会导致灵魂本身的破灭。"

他心知肚明家庭为他所做的一切，令人感激涕零的牺牲，但是，他同时感受到命运给予他的谕示。许多与他同病相怜的宝宝，未来却如风中残烛一般脆弱。如今的社会甚至吝于给予痉挛性瘫痪婴儿一条活路，人们威胁着要用人工流产的方式让这些婴儿死去。当他们还在子宫里的时候，世人就要判他们死刑，恐吓他们的母亲，让恐惧占领她，让她无法承受婴儿的诞生。然而，这些患有痉挛瘫痪的婴儿却永远不会成为那些屠杀、残害、欺诈或是憎恨人类的灵魂之一。为何社会大众害怕这些单纯的伤残婴儿？约瑟夫大声质问，这个社会又何以让四肢健全的婴儿，成为日后的刽子手？

掌声响彻他的灵魂，他的轮椅被高举起来，将他送回父母的怀抱。这个在神殿中接受洗礼的男孩，如今能够以他本身的存在让整个家庭同承荣耀。

约瑟夫的舅舅乔·莫塔夫悄悄递过来一瓶香槟，坐在他的轮椅旁边。"虽然你不在公共场合吃喝，"他说，"但是，等你回家时，一定要打开这瓶香槟。这样你才能品尝到今晚在座的人听到你演讲的滋味。"他拍拍外甥的后背，对着他眨眼，"可是，不要喝太多，不然你隔天醒来会很难受。"

不知道如何用言辞表达心底感受的人，纷纷来到约瑟夫身旁，弯下身子，在他的耳边倾倒他们的赞美。他微笑着点头致意。早在他品尝乔舅舅的香槟之前，他已经醉倒了。

在柏林顿旅馆，夜晚的时光为他的荣光带来更大意义。他的视野中出现一片明亮的金光，他寻找着通往天堂的崎岖小径。

隔天早上从睡梦中醒来时，安静的男孩思索着，是否昨夜的伟大事件不过是一场美丽的幻梦？难道说，我真的对着上百人讲话，而他们也都听见了？当我告诉弗兰尼神甫时，他一定会说，真是的，难道这些人都不知道你写的是一堆垃圾啊？约瑟夫无比欣赏这位神甫的幽默，他让约瑟夫明白，每个人都有着自己前方的碑塔要抵达。他常常告诉约瑟夫，每个人都只是上帝的侍者，虽然也是他给予约瑟夫诗人这个头衔。

坐在麦翰家的厨房里，本来就笑口常开的神甫感到真正的愉悦。他知道自己不应该抽烟，也早该去动心脏手术，但他总是把烟灰缸摆在身边，也自然而然地点上一根烟。他会将烟草的香味深深地吸入体内，如此地深入，让约瑟夫不禁怀疑烟雾会不会从他的鞋尖冒出来。

可有一天，他静悄悄地省下了烟灰缸的需求，不过还是摆出一贯的模样闲聊着。马修是第一个注意到这个不同的人。"你已经戒烟了啊？"所有疑问的眼神都转向弗兰尼神甫，他作出壮烈牺牲的姿态，随意回应了这个疑问，"没错，我当然戒啦！外科医生喝令我从此以后不得抽烟。'如果你破戒，我就不帮你动手术。'你知道我要动个心脏手术吧？"每个人都心知肚明，他竭尽所能地拖延那个手术的时间，为的就是要照料他那个老迈痴呆的母亲。他的做法也让人想起，他以无比的耐心与慈爱满足着约瑟夫的需求。接着，为了改变话题，他说："如果你弄完了，就出来吧！我有天大的消息要告诉你。"他眼中闪着欢愉的光芒，等着约瑟夫被推出起居室，来到厨房。当神甫满意自己的表现，不再令大家担心时，他高兴地滔滔不绝，总是要让残障男孩感到快乐有趣。弗兰尼神甫的模样让雅薇妮想要给他惊吓，让他听到最新的来自大学的消息。从他打从心底发出的笑声听来，神甫并没有注意到一直啃噬着约瑟夫内心的隐忧。

戴奥丽·黛文妮打着轻柔的手势，敲窗户，然后犹豫地敲门，遗憾无比地说出了她的来意。她就是那个必须把坏消息传达给约瑟夫的人。她先是试探性地问："你知道了吗？"娜拉产生不好的预感，回答说："没有，怎么回事？"黛奥丽还是将眼神定在约瑟夫身上，然后说："是关于弗兰尼神甫的事情。"她抚着额头，试图找出最恰当的词语告诉男孩这个恶劣无比的消息。"是他妈妈怎么了吗？"娜拉试探着问，想要让她的孩子不那么惊惶失措。但是，黛奥丽坦白了实情。"我只能这样说，他在早上七点半的弥撒时没有出现，由于时间已经到了，有人去他家中询问，发现他已经垂死。当时有个神甫在他临终时照顾他。"她说。娜拉转向约瑟夫，双臂环抱着他的肩膀。痛哭声从男孩的口中发出，他完全忘记自己是个男生，不该在陌生人面前哭泣。他的啜泣让温柔的黛奥丽回家后，久久无法平复心碎的感觉。

他可怜的老妈不知道会多么难过。现在，安静下来的男孩忧虑着。但是，上帝还是自有其眷顾。他让她的老年痴呆症发作得恰到好处，这样，她不会清醒过长的时间，长到足以将疯狂的渴望与生锈的现实一一拼凑起来。

早上十一点，约翰·弗兰尼神甫的镇魂弥撒将在施洗者约翰教堂举行。弥撒之后，他的葬礼将在遍布孤寂岩石的莱特因举行。许久之前，他离开自己幼年的家乡，为的就是成就自己壮烈的圣职生涯。如今，他的使命已经圆满完成，他的骨灰将撒在自己家乡的路旁，伴随着艾伦湖水上的啾啾之声。如今，神甫终于得以安息在这个幽静的故居。

15　足音

生命的轨迹骤然大幅转变，然而，约瑟夫还是持续地寻觅他人的理解。如今，他希望找到一个能够取代约翰·弗兰尼位置的神甫。

　　或许叔叔会同情我，残障男孩沉思着。或许他会带着圣饼来这里，或许他能够离开修道院一阵子，帮助一个急需援助的可怜男孩。

　　培斯里·麦翰神甫每个星期天都离开修道院。他的口袋里装有圣体容器，里面有他侄子需要的圣餐饼。他从圣经中的《诗篇》等章节摘出属于约瑟夫的祈祷文——

　　　　天主啊，请在我身上撒满牛膝草，
　　　　我将因此被洗涤干净。
　　　　请洗涤我，而我将化身为

比白雪更雪白的存在。

　　以一个叔叔所能提供的彻底了解与耐心，神甫将圣餐饼高举，念诵着祈祷文，等候他的侄子艰辛地移动肌肉。每个星期日，约瑟夫的叔叔都会前来。经过这么多次的造访，他更深切地了解了侄子艰辛的生存方式。

　　圣餐式帮助这个沉默的男孩与上帝相通。约瑟夫喃喃念出心灵的低语，乞求他那些忠诚的好友们得到祝福。他朝着四面八方低语，为他的兄弟姐妹祈祷，仿佛不同肤色的族群只不过是不同的家族分支。与日俱增的智慧让他明了，幼年时代的艰难是另一种美丽。他听到秘密忏悔的喃喃之声，看到山顶上盛开的石楠花。

　　约瑟夫还为自己的祖父母和外祖父母祈祷。他们在穿越西敏斯的生命旅程中，展现出卓绝的勇气。他们各自生活在爱尔兰的南北两端，约瑟夫特别记得这四位中的其中两位。他记得祖母，她温和谦虚，生活在葛兰丹，在一所能够鸟瞰孚尔绝美风景的学校里教书。她总在冰箱里准备三色甜点，知道她的孙子非常爱吃这种果冻点心。为了他的身体着想，她不在点心中加入雪利酒，生怕他醉倒了。可他知道自己足以应付这点酒精。

　　约瑟夫私下以为，有祖父母与外祖父母是很平常的事情。他的外祖父以独特的方式支持着他。外祖父凝视着他的目光非常真挚，而他的心中总是响着外祖父的足音。约瑟夫的假期大多都与外祖父共度，他们一起想办法克服他的身体障碍。

外祖父在克罗柏尼有个牧场，以及一个幅员辽阔的农场。纵使他的身子骨已经不太吃得消，他还是勤奋地工作。为了他的家人，他总是把自己摆在次位。当他与约瑟夫相处时，他总是不在意孩子的残障，而且劝告娜拉，让这孩子自己尝试一些活动。例如，他会把一个球放在地板上，然后对约瑟夫说："现在，你自己把它捡起来吧。"约瑟夫把身体撑起来，看着那个球，但终究觉得它太遥远。他的外祖父把他抱得近一些，然后哄诱着他说："现在你可以拿到啦!"他残疾的外孙从中得到乐趣，却发现自己只能够原地打转。这个慈祥的外祖父一直与他的外孙玩耍着，总是尝试在约瑟夫身上寻找自发性动作。他把一柄木制汤匙放在约瑟夫手上，告诉他如何用发出噪音的方式来表达自己的想法。"来吧，我们准可以成功地打开饼干罐子。"这一老一小同心协力地作着科学实验。

　　克罗柏尼的早餐时光，总是让沉默的约瑟夫无比欢愉。农场上的工作尚待完成，而厨房中热腾腾的早餐已经等着饿坏的一家人。麦片粥冒着热气，农夫们非常熟知该如何给予孩子们营养。给约瑟夫喝的粥需要来点特别的作料。约瑟夫会拿起一个细颈口的瓶子，倾听外祖父从农场回来的足音。当他到了厨房，男孩会以淘气的表情迎接他。外祖父会报复似的说："来吧，约瑟夫，我想要看你吃下一大顿早餐。这些食物可以让你的胸口长出毛来。"他会一边将金黄色的奶油倒入粥中，一边说："你先躲到里面去，我去把蘑菇准备好，让你大快朵颐。"外祖父总会撒下诱饵，外孙也愉快地上钩。克罗柏尼是他幼年时光不可或缺的一部分。他睡在厨房旁边的房间里，每当他即将入睡，总会听到前来造访的客人谈笑风生。

每个春天与秋天，克罗柏尼都会举办盛大的宴会。这个习惯要追溯到古老的蛮荒时代，当时的法令不准许教徒在弥撒时大吃大喝，可统治者却是脑满肠肥。不过，只要人们在房屋内享用美食，举办盛宴，就不会被逮到。那些愚蠢的探子会在山野之间，寻找是否有新的造反者现身。

如今已经没有那些可怖的压迫，而习俗还是保留下来。这样的宴会为的是社群之间相互庆祝，邻居之间交流情感，维系固有的民族文化。在家庭社区，每隔七年才会有一次这么盛大的聚会。七年一过，新的盛宴又将大张旗鼓地举行，新面孔也会让主人展露欢颜，欢迎他们一起来相聚庆祝。

虽说约瑟夫已经完全是个"茉莉·马龙"，他还是固定参加娜拉家乡的盛大宴会。灯光在窗户之间闪耀，花朵薰香了夜晚的空气，爽朗的声音欢迎着朋友到来。邻居与亲友填满了会场，八点钟一到，主持忏悔仪式的主人前来，一次又一次的忏悔开始，赦免罪过的程序也依次举行。"还有谁要忏悔？"每个房间都传来这样的问话。然后，回答再从每个房间传出："大家都已经忏悔过了。"而另一个问题随后响起，"有谁要领取圣餐，举手好吗？"会有一组人帮忙点人数，然后回禀教士，仪式进行需要多少个圣饼。

现在，全然的静默笼罩下来。教士穿上祭袍，手举十字架开始主持弥撒。每个房间都挤满了人，还有人站在阶梯上。不过，神甫的声音凌驾了整个会场。大家一起在他的主持下，感谢赞美上帝。

约瑟夫所在之处距离圣餐室有三个房间之远，不过铃声告诉他，已经快要开始了。随后他可以在心中描画出具体的场面，第二遍铃声赞美着被高举的圣餐杯。如今，耶稣与他的子民同在，他将会以颁发圣饼的形式来到现场。

约瑟夫喃喃地表达心中感激，在祈祷文中抚慰着长久以来背负着心灵十字架的家人，为他们乞求神恩与力量。他垂下头，一道微弱的光晕暖化他的内心。突然间，他听到经由农场踱到厨房的足音。

祈祷结束了，玛门财神君临其间。娜拉招呼她的姐妹们，不同辈分的人各自聚集着。约瑟夫高兴地发现，他正在与同年龄的男孩女孩在厨房里。和他一样，他们在家族聚会中也梦想着未来的前景。不过，约瑟夫并不像他们那样，抱着远大的希望；正如同他们不会想到一个以轮椅代步，孤寂踌躇的未来。但是，他的心思动如脱兔。快乐不断出现，食物不断被送入口中。大家笑声洋溢，玩笑也都善意十足。顷刻之间，他的酒杯温暖了整个世界，过往只留下一条淡淡的痕迹。

约瑟夫深深感念自己是这个家庭的一员。他总觉得，如果自己被送到某个疗养院或医院度过余生，那不如早点死掉算了。为了自己的学业，他早就准备好到任何遥远的地方去，但是他需要每个周末回家一趟。现在他拥有两个最美好的世界：山顶圣殿，他充分浸淫于求知的快乐；克朗塔夫，他能够安享家庭生活。

在山顶圣殿学校，五年级不需要什么大考，所以学生们尽情享受这一年的纵情自在。面对这个年级学生的狡猾，老师们竭尽所能地应对。"不许在学校抽烟"的严厉规定甚嚣尘上，却无法阻止学生私底下大剌剌地成群吞云吐雾。在被五六年级占用的科学大楼，他们像成年人一样边抽烟边聊天。一旦其中有成员不会抽烟，团体中的其他人总会努力怂恿。史蒂芬将香烟搁在约瑟夫的嘴边，但是这样做并没有用，他无法用麻木的嘴唇衔住香烟。彼得决定将他的嘴凑近香烟，然后大家齐声叫喊："抽啊，天杀的！约瑟夫，用力抽啊！"约瑟夫看着他们这样叫，不禁笑起来。"等等，"保罗说，"我有个好主意。"这回保罗将约瑟夫的鼻子捏起来，再把烟头塞进他嘴里。大家继续用力呐喊着"抽啊"，他什么也无法做，只好用力吸气。他已经快要窒息了，烟雾通过他的咽喉、气管，进入肺部、胃肠，甚至膀胱。时间漫长得仿佛过了一个世纪，烟雾让他呛咳起来，那咳嗽几乎彰显出死亡的危机。男孩们目瞪口呆地站着。一旦约瑟夫咳嗽起来，他就无法立刻停止，现在他更因为这些大胆实验者的表情而笑不可遏。终于等他不再咳嗽，他们用对一个成年人的口气说："你差点要呛死啦，别再这样吓我们啦！"约瑟夫还是猛烈地笑着，知道这样一支烟会为他往后的忧郁生命随时点燃活力。

约瑟夫的生命随时充满慰藉与惊喜。他从未料想到的东西会突然冒出来，点燃他幼年时代心中的渴望。人们想为这个残障孩子策划另一场荣耀——BBC 电视台与加拿大电视台合作，将约瑟夫与他的家人送到英格兰一游。这一年是国际残疾人年，约瑟夫成为他们的特别来宾。电视制作人与相关人士希望由此激发出一般社会大众的回应。先前他们对约瑟夫提出一些问题，现在，他们觉得应该把他打出来的文字答案传播出去。

两家电视台携手合作，记录约瑟夫的生命历程，原来作为敌手的较量已经结束。约瑟夫因他们的体贴点头致意。他们悉心告诉他关于电视节目制作的细节，也注意照顾到他个人的舒适。他的旅馆早已预定好，他们还准备了让他独自用餐的地方。他看到这些习惯与身体健全的人打交道的工作人员忙碌着，深深为他们的细心周到感动。

同时，电视台工作人员也感动于约瑟夫丰富的创意与蓬勃的活力。他们为他和家人安排了一趟美好的出游，希望他从中体验到生命的方方面面。在亚芬河畔，史特拉福的皇家莎士比亚剧院，《仲夏夜之梦》的戏票已经预订好了。

每个孩子都需要朋友。当约瑟夫·麦翰抵达戏院，他愕然发现这些新朋友为他这个夜晚所作的周到准备。对他而言，呼吸是个问题，他常常会发出嘈杂的呼吸声。他担心自己这样子会干扰其他看戏的观众。但当他到达戏院时，经理与工作人员已经在那儿等着他了，仿佛他是个皇室成员。他们抬起他的轮椅，带他走上铺着地毯的楼梯，走向导演专用包厢。约瑟夫觉得自己真像个教皇，他迷惑地看着这些热心帮他的人，注意到自己的包厢有隔音设备，而且可以全向度鸟瞰整个舞台。他愕然自问：这一切的精心安排，当真是为了一个爱尔兰毛头小鬼吗？

他在家乡自然有要好的朋友，但在这里，他是个被赠鲜花的特殊客人。以他如此敏感的性情，从未感受到他人一丝一毫的怠慢。

民间的魔幻法术让他着迷，灯光美妙绝伦，音响效果更让《仲夏夜之梦》的整个场景栩栩如生地再现。原来，某些人可以快活到此等境地！这是他最深刻的愉悦感受。然而，在他愉悦的内心，还有某种隐痛。他难过地思及其他无法像他这样享有如此快乐体验的残疾人。然而，他不能糟蹋这么绝顶棒的经历。他打开心扉，告诉自己，生命的残酷不时会加入光影一般的梦幻魔法。

回都柏林的航程让这趟本来就愉快的旅行乐趣倍增。约瑟夫的心中充满感慨，他在飞机上，不时因为复杂的心情坐立不安。他一而再、再而三地赞叹人心的温暖。通常，面对残疾人，一般人总是尴尬得不知如何开口；但只要表达出某种程度的善意，鸿沟还是可以弥平。当他正在思索这些时，有一只手轻轻地放在他的肩上。"你不就是我在电视上看到的那个孩子吗?"漂亮的空中小姐说着，"我昨天看到你上电视。我很喜欢你的诗。"约瑟夫微笑致意。空中小姐轻声地在他耳边低语："这趟航程能有你在，我感到很光荣。到时我要告诉我父母，约瑟夫·麦翰搭过这趟飞机。"

午餐时间到了，坐在弟弟旁边的雅薇妮解释说，约瑟夫不在公共场合用餐。等到快抵达都柏林机场时，那位空中小姐带着一个精致的餐盒出现。"回家再吃这些吧。"她说，"我们还给你准备了一瓶白酒和一瓶红酒，估计你应该会跟你姐姐共饮。"

当晚约瑟夫喝着那瓶白酒，感到无比幸福。他试图分辨出这种快乐究竟来自于英格兰的旅行，还是由于英航的酒水招待让他沉醉。然而，他没来得及想清楚，就被家人发现已经昏昏欲睡。他们把他放在一张大躺椅上，让他舒服地休息。欢乐，不可遏止。

每天早上当他醒来，都会发觉自己被束缚在床上。于是，他设法把梦境铭刻在窗户的木框上。如同看 X 光片一般，他对着梦中明晰可见的无意识手淫微笑着。他明心见性于自己的肉身无力，但是内心激情却奔突不已。有个梦特别让他困惑：他梦见自己站在一个银色梯子上，是个擦窗户的清洁工。他得用一只手保持自己的平衡，另一只手擦拭窗户，膝盖夹在梯子间。他熟练快速地顺着逆时针方向清理着窗户。当他工作时，看到房间内部，惊讶地发现自己的影子映在房间里面的镜子上。明明房门紧锁，就连抽屉也关得好好的，可是镜子却明晰如水地映出他的影像。他感到翩然自在，低声哼唱着南茜·西纳达的曲子《这些靴子就是用来走路的》。如同歌词所唱，他穿着一双适宜行走在沙漠里的靴子。他瞪着自己的影像，看着自己的面颊，手上的清洁布作弧形摆动。骤然间，他看到里面那个沉睡的男孩。他注意到梦中的自己双臂张开，嘴巴自然而然地闭上，面孔朝向窗户，表情平静安详，如同一个沉浸于快乐睡梦中的婴儿。当他意识到自己凝视的正是梦中的自己，他简直像被钉死在梯子上。所有的动作突兀地停止，他甚至忘记用左手扶住梯子。他进入一个梦幻般的冥思状态。在他诧异的心中，他自问：我怎么能够看到另一维度的自己？一个男孩如何能够并存于一个时间点的两个空间？

16 梦幻爆裂

转眼间，学校的五年级生活匆匆而过，这些少男少女整日最擅长的就是调皮捣蛋。保罗·布朗尼家就在学校旁边，所以他们大概都在那里消磨没课的时光——喝喝茶，打电子游戏，或者随意漫谈，听流行音乐排行榜，讨论上榜的曲子。他们常常待过头，然后大家合力推拉着约瑟夫的轮椅，赶忙从秘密基地回到学校上课。然而，好时光就像所有的好东西一样，必会有尽头。转眼间，他们赫然发现自己已经是山顶圣殿最高年级的学生了。

　　然而，最高年级的学生生活也是魅力无穷。老师们与教导主任总是尽力在课堂上，把正统的观念灌入这些小鬼的脑袋瓜。他们指出不用心学习的下场，叮嘱离开学校前的最后一场大考一定要按部就班地准备……然而，这些教诲都没什么用。时间多得很，而且时间站在学生这一边。毕竟，到凯里郊游的日子就横亘眼前，所有的学生都准备大玩一场。

每年十月，山顶圣殿都会带着六年级的学生到唐·欧伊走一遭。遵循他们的传统，学生应从广阔的现实生活了解自己的根源与文化——他们带着学生到爱尔兰语区的凯里地区游览。

早在旅行之前，老师就用心地准备行前事宜。他们说明这个风光绝妙的爱尔兰语区的地理、历史、文化风貌；播放幻灯片，让大家看到白色沙滩、被日光刷白的美好山脉；展出可回溯到公元前两千年的建筑景观。他们还播放长着皇冠脸庞的海鸭、信天翁翅膀的塘鹅，以及苍鹭与海鸠的照片。这一切在每个学生心中点燃了强烈的兴致。

当约瑟夫也被老师们邀请一起参加这个精心策划的旅游，他心中充满悸动。他决定决不错过这一趟伟大的发现之旅。他已经有心理准备迎接旅程的艰辛，更别说那些旅途中的乐趣。此时，他已经察觉到，就连空气中也弥漫着即将启程的兴奋。

一如往常，老师无微不至地照料着学生们。他们将孩子分成男女生两个小组，每个小组住一栋独立的小农舍。离开都柏林之前，学生要作最后一次检查，检查旅行装备、衣服、住宿用品，以及每组配备的住宿地地址。麦蒂考特校长强调，只要是不守规矩的学生就会被送上返回都柏林的火车。他还强调，自己会在另一边等着他们。让学生回家好好睡一觉之前，汉德森小姐拍手要他们注意，"请记住，不要迟到！巴士准时在九点出发，这是一趟很长的旅途，我们会在傍晚六点抵达唐·欧伊。"

第二天清晨，雨势很凶。老师和学生穿着雨衣在晚宴厅集合。雨并没有让任何人分神——毕竟，旅行总比待在学校好多了。大家担心的是，雨是否会变成雪。虽然雨势越发滂沱，大家还是玩兴不减。

巴士载着孩子们离开都柏林，朝唐·欧伊进发。音乐从收音机里流溢而出。巴士相当舒适，如果有谁想睡个觉，还有卧铺可用。但是，这些青春活泼的乘客情绪高涨，充满期待的心情让他们异常清醒。树木与建筑物从车旁飞掠而过，迅猛的雨势从四方而来，车内却流淌着音乐，洋溢着温暖。

"我们在纳那格停留半小时。"克里夫·拜伦老师宣布，"你们要准时回来，不能迟到啊！"带着饮料和零食，学生们到车外溜达去了。约瑟夫真是羡慕他们。他孩子气地踢着自己的"牢笼"，他已经饿坏了，薯片的味道几乎让他发狂。

透过雨珠欲滴的窗户往外望去，约瑟夫看到晴朗傍晚的丽日。接近特拉里镇时，他高兴地注意到全镇活跃了起来，因为雨已经停了。为太阳重新出现而雀跃的约瑟夫望向克那路与丁尔，天空甚至更为明亮。巴士往前驰去，开往丁尔城。最后，司机将车停靠在一个名叫"三姐妹"的三峰山下。约瑟夫一眼望去，看到山峰被鲜烈灿美的落日套上华丽的披肩。撒弥尔港则延伸向左，它身为战略要地，如今已是古老的传奇。历史开辟出一条小径，人们爬过之后，又铺上一条新路。

一边管理学生，一边细心地照料他们，汉德森小姐要大家到皇家晚餐厅坐下。她自己开着车，超过巴士，连同多乐西·希尼、爱莲·克莱格、多纳·马克斯汉，以及阿伯特·布莱特肖提早赶到此地。老师们合力煮了一顿可口的晚餐，招待旅途劳顿的学生。再也没有比这次晚餐更美味、更让人赞叹的了，而更让人大吃一惊，心中欢喜的还在后头。当约瑟夫来到晚上留宿的小屋，他看到壁炉内熊熊的火光、冰箱内丰盛的食物，浴室还随时有热水可以洗澡。一切都料理得异常周到，为的就是让大家住得舒适。

学校组织者设计出一个精细的时间表，但是没有人在意。每一天都妙不可言，充满乐趣。被塞满城市观念的人们如今可以挣脱枷锁，得到新鲜的体验。他们用习惯观看城市的眼睛观看四周，看到的是大自然在都柏林学生心底打造出的高贵的神秘。约瑟夫坐看风云变幻的凯里地区，从早期爱尔兰屋舍的遗迹得到安慰。有一天傍晚，当他正在欣赏周遭的风景时，发现一道安静的彩虹爬上了金色的天际，勾出一道圆弧，就在施玛威克港旁边。那道彩虹停留了片刻，紧接着就滑向三姐妹峰的方向。

每天早晨，学生都要倾听当天的行程简报。第一天，巴士开启了伟大的探索之旅，要到某个保存着公元两千年前的人类生活遗迹的遗址去。老师陪伴着学生，让他们的注意力集中在史前石砌或石雕的柱子上，那些东西组成了上古墓地的主要构造，还有早期丁尔人所喜爱的墓碑。倾听唐纳·玛西翰为学生讲述上古历史，约瑟夫了解到那些墓碑是一头宽一头窄，属于那些世代社会的高层人士。尸体通常会被火化，骨灰撒在墓碑旁边的土地上。许多个死者被埋在相同的墓穴。仿佛为了把自己的安息场所提供给后代观赏，他们将墓穴的周围用石头造出屋顶与围篱，如同卧室一般。墓穴照顾着它的主人，在那些房间下面，有守护者似的土地与石头。

在这些标记累累的历史之间游走，学生们在次日发现自己已处于凯里地区历史的十字路口。基督教一直到五世纪后期才登陆爱尔兰，在那些年间，人们发展出督伊德教的沟通方法，最有代表性的就是在墓碑上镌刻文字。基督教徒用铁锤与刻刀为工具，在石块上刻出他们的文字。伟大的蛮荒时代的石头伫立于困坐轮椅上的男孩面前。他在上面看到人类艺术创作的古老遗痕，那些早期基督徒用十字架雕出来的作品。

喷气机时代的都柏林人来到了他们祖先的土地，兴趣盎然地探索着，与农夫的劳动成果亲密接触。他们居住的房屋全部用石头建成，由于没有马达动力运输石头，某种诀窍就被发明出来。农夫拟仿教堂与渔船的形状，用好像蜂窝一样的环形结构建筑他们的房屋。他们建造出圆形的石头房子，却有着四方形的内部空间。

老师和学生们一起旅行，每个老师都投注心力，让孩子们充分了解眼前事物的背景。他们陪伴学生度过这一周，原先躲在课堂内的学者得以挣脱束缚。在真实的凯里地区，他们被邀请（或者说，被鼓励）说出自己的爱尔兰母语。

由于惊心动魄的冒险而心情激动，约瑟夫偶尔会因为自己行动困难而辗转难安。因为担忧这一点，当他的老师克里夫·拜伦要自愿抱着他到葛拉卢斯高地时，他感到非常忧虑。通往那高地的路是一条崎岖小道，至少有一百码长。但是，老师微笑地抱起约瑟夫，朝着那条路前进。每登高一个台阶，约瑟夫就感觉到老师的手臂更加紧绷。这位男子汉用巨大的力量往前行进。终于，老师与学生一起登顶！来到这古老的高地，克里夫老师粗重地呼吸着，对约瑟夫说："好啦，约瑟夫，你觉得这景色如何啊？"他看到约瑟夫脸上绽现惊异的微笑，观察山上建筑物完好无缺的干燥内部。那是被时间穿蚀的结果，然而，时间并没有在那石雕上多做些什么。如果他们是早期的爱尔兰基督徒，当然知道这一宗教建筑所见证的奇景，而如今眼前的景致正是矗立如昔的千年景观。

就在这可人的山谷峡湾当中，日子愉快地过去了。就连夜间生活也让这些学生开心不已。晚餐之后，巴士会载这些从都柏林来的少男少女去夜总会彻夜狂舞。约瑟夫本以为大家一定以为他不乐意跳舞，但是他的朋友再度为他出面说话。他坐在轮椅上，随着活力四射的音乐旋转，直到头晕目眩，深深融入其中。就连学生们跳起三步舞，响起《林马力克的围墙》、《大麦堆》、《雕像之舞》等曲调，他也会跟着大家起舞。他邀请海伦·谢利与他一起跳《雕像之舞》，不过他需要另一位在他前方起舞的搭档。他的目光落在伊丽裴丝·汉德森身上，朝着她鞠躬邀约。她欣然加入了这个三人组合。这支舞跳得极好，每当音乐突兀地刹车，这三个人连眼皮都不抬一下。虽然约瑟夫与海伦能够如石像一般地定住不动，不过有一回伊丽裴丝不慎滑倒，有五个人被吓得离开舞池。于是最后，这个三人组合被请下舞池。

虽然彻夜狂舞，隔天早上这些都柏林学生还是神采奕奕地起床。克雷格老师带领他们到山湖河川之间观光。他们看到倾颓的马铃薯田，农家已经离去了。学生们注视着被截断的山脉以及丝带一般的湖泊，继续朝柯南通道前进，他们步入了 U 字形山谷。那真是天地荒蛮，当约瑟夫往下凝视时，他试图想象着在这个坐落于孤寂远地的小屋度过圣诞假期的滋味。

约瑟夫向这壮丽的山谷发出赞叹。这小径从一千三百英尺的山间穿过，它的一端是高悬的山崖，另一端是深远如渊的谷地。在这个人工景观中，人类的机械开发能力再度得以印证，约瑟夫当然爱慕这美好的景致。特雷弗老师加入观景行列，将约瑟夫的注意力拉回柯南通道的一些植物。他告诉约瑟夫哪些是鹿耳草、食虫植物，如奶油虫等等。

回眸这绝佳的山光水色，约瑟夫再度感到幸福。他思索着，怎么连我这残疾之人都能享受如此梦幻般的风景。

旅行继续，这回他们到了西利雅。一到此地，老师们就准备好热汤与面包卷。学生们一边啜饮浓汤，大嚼面包，一边看海景。那景致真是鬼斧神工，约瑟夫都不知道该看哪儿好，周围皆是罕见的美景。在他身后，老鹰山铺陈出一条通往天堂的路径；面前的山崖不断有岩石坠落海面。当他眺望蓝色的大西洋，他看到巴拉丝克岛正在乳白色的海浪泡沫中载浮载沉。头顶上则是喧哗的海鸥，挤成一团飞着；不时有类似塘鹅潜入海底的声音隐约传来。男孩吞下了一碗汤，但他的目光忙着从几百英尺的高处扫射巴拉丝克岛屿。

就在他的下方，海水潮起潮落，但是巴拉丝克岛完全忽视那来回涌动的海浪。它们高踞于王座，沉默、高傲，并且沉睡其中。最大的一个岛，大巴拉丝克岛最靠近海岸，它的外貌和上面的废墟几乎清晰可见。布满乱石堆与翠绿色的野地，这岛屿因为出产了三个知名作家而闻名退迹。这些作家被认为独特绝伦，他们从荷马史诗的语调中挣脱而出，从自身的视角展开叙述。于是，爱尔兰方言首次被记录于文字。

其中一个作者，是个女作家，作品被选入学校文学课本。约瑟夫对她的作品相当熟悉。如今当他亲眼目睹她创作意象中的岛屿、噩梦般的海涛，他体会到新鲜之外的许多意义。这个叫佩格·撒尔斯的女作家叙述她自己的故事，对约瑟夫与他的同学而言，那充满了奇趣与孤寂。对于用科幻小说表现现实的核子时代青少年，他们与她的作品格格不入。虽然他并不充分理解她的成就，但他欣赏她的诚恳，面对狂烈高烧的勇毅，失去伴侣与小孩的伤痛，以及以孤绝的家园作为自己最后堡垒的坚守。命运的魅惑激发出如此可怖的打击，他可以设身处地体会到她的强大信念。

为了应付额外的工作与责任，老师们组成一个小组。他们仰赖学生的自愿帮忙，男孩负责清扫，女孩准备水果沙拉与点心，而老师烹饪主食。大家愉快地畅谈，度过每一顿餐点的美好时光。至于夜晚，就让唐诺·马克斯翰的"夜谈会"陪伴学生。他们到了老师邀约的处所，围坐在熊熊火光前，喝茶、讲故事或唱歌谣，这些都是过去祖先们喜欢的消遣。约瑟夫拜访小屋主人时，他惊喜地发现一段柏德伦节拍的音乐，击穿他的灵魂。这新鲜的节奏为同学们带来无比的喜悦，击败了惯有的阴郁。他从未哀叹过自己的命运，但是每当他看到男孩与女孩若有似无、欲拒还迎地成双成对时，死寂墓场的阴影总是笼罩在空气中。

　　将欲念转化为对孤独的体认，这是残败人生的解决之道。忧郁男孩微笑地凝视都柏林，此时是待在唐·欧伊的最后一夜。约瑟夫将目光投注在三姐妹山崖上，集中注意力进行最后的巡礼。老师们还为学生准备了晚会节目助兴，正当大家兴致勃勃时，学生们突然挑出一个问题。"你听过克里夫·拜伦唱《暴怒山羊》吗?"保罗悄声问约瑟夫。约瑟夫摇头，建议保罗请老师为全体学生高歌一曲。保罗伺机而动。约瑟夫看到保罗过去问拜伦老师了。老师瞄着约瑟夫，但他低垂着头，以这种姿势暗地乞求老师的肯许。保罗回到约瑟夫旁边，悄声说："我想他是愿意的，就看他如何热身了。"接下来，他们就看到拜伦老师身穿一袭阿拉伯长袍，唱起爱尔兰的古老歌谣《暴怒山羊》。每个学生都欢欣叫好，鼓掌并吹着口哨。约瑟夫开心地笑了，看着老师精彩地演唱爱尔兰的古老民谣，他无比感激拜伦老师为他高歌一曲的情谊。他认为要把歌唱成这样，歌手必定要有个圆润的歌喉，所以旁边应随时备有健尼士啤酒，好滋润他的喉咙。

　　夜晚的凯里将伸手不见五指的黑暗凝结为巨大的恐惧。唐·欧伊的最后一夜，就是百鬼夜行之时。特雷弗老师讲起令人汗毛直竖的鬼故事，所有灯光都熄灭，只留一根蜡烛。讲故事人的声音将每个人都弄得心惊肉跳，那嗓音唤出无法想象的群魔。更令人惊悚的是，到了最关键的一刻，蜡烛竟然熄灭了，把所有听众都吓得心胆俱裂。他们齐声尖叫，然后勉强恢复该有的镇定，因为灯光突然间又全部亮起，照出每个人的表情。大家现出尴尬无比的笑容——谁会真的相信有鬼魂呢!

隔天早上,嘈杂的声音将约瑟夫弄醒,外面的脚步声弥漫四处。居民在门口和邻居聊天,每个人都准备好要回去了。海伦帮约瑟夫打理好,然后,他们最后一次环视这个寄宿一时的小木屋。

中午时分,巴士离开了这些假日小屋。所有学生都安静下来,各自向美丽的景色告别。司机小心翼翼地行驶在窄道上,遇到那个小桥,然后掉转方向。约瑟夫在他的座位上躁动不安,仿佛要从美景中创造出魔法。他回顾小木屋、海洋,以及伸出铁蹄敲打着裸露岩石的白马。为了能够将美景收藏进他内心,约瑟夫忙不迭地将视线转向三姐妹山峰。他朝它们鞠躬告别,就在它们消逝在他的视线中时,他淘气地咧嘴笑着。我还会再回来,他无言地警示着,我会再回来的,就在你们三位沉睡于永恒之际,我将会见识到遭致破灭的梦幻。他推敲着自己的告别词,决定要打破矜持。其他学生都已经陷入梦乡,没多久,他也昏昏欲睡。虽然他心胸万仗,但是肉身已经疲惫不堪。新颖的经验冲击着他的心灵,然而他只是个孩子,身体无法承受如此的劳累——纵使对他而言,身体不过是个躯壳。

司机将车子停在纳那格镇,每一颗头颅都疲倦地睡着了。"你们知道规矩,"克里夫·拜伦老师说,"半小时后,大伙儿都给我回来。"但是,他的学生并不需要提醒,每个人都想快点回到都柏林。不过,奇妙的是,他们的欢乐还是留驻在凯里这个地方。

傍晚过渡到了夜晚,城市的天际被染上了黝黑色。约瑟夫端坐着，看向远方的都柏林。他感到自己想念凯里的情绪捉摸不定，而当他看到茵琪柯尔，行经欧巴拉特教堂，以及贺斯顿车站，他开始怀疑自己的情绪。司机将速度放缓，进入北方拥挤的车流，穿越灯火通明的利夫伊。在这个地方没有鬼魂容身的余地，他微笑着，这是茉莉·马龙的地盘。他从窗口望出去，看到自己和其他人的影子。他叫他们的名字，但实际上并不需要。这些孩子都是都柏林的儿女，他满带嘲讽地想着：看吧，在这些人当中可没有乡巴佬。他不厌其烦地戏弄自己，但在内心深处，他和这些小鬼没什么两样。

刚回到家的那个夜晚，约瑟夫彻夜未眠。他想要细细品味在凯里地区经历的点点滴滴，他想要咀嚼自己的所有感触。但是，睡意掳获了他，将他的思虑转化为下意识的迷神游荡。

17 深藏的孤寂

远征凯里的旅程结束了，山顶圣殿的作息又恢复日常生活原有的规律。爱尔兰文学课是下午的第一节，孩子们把橄榄球带到教室内。他们本该安静等候老师的到来，但毕竟是一群浮躁的孩子，禁不住开始讨论起山顶圣殿与圣哥伦巴校队之间的胜负。"我们来个模拟战吧。"保罗·布朗这么一提议，四个球员就站好位置。葛瑞·吉伯特把球传回去给莫纳翰，莫纳翰再传给罗杰·史丹利，最后再传回给保罗。球速不断加快，全班都退出橄榄球场的边线，玩得不亦乐乎。约瑟夫身处其中，球不断地擦过他的鼻尖。热烈的呼吸弥漫整个教室，他深深觉得自己是球赛的一部分。他热爱短兵相接的白刃战，喜欢自己参与其中，喜欢看团体运动。"让我们把球旋转一下，这样看起来更加精彩。"葛瑞建议说，球员们就位。葛瑞的身子跟着球的旋转舞动着。然而那旋转的球撞到天花板上，还击到长管状的日光灯。白色的尘埃纷纷落下，随之落下的是一堆碎玻璃。这些碎裂物朝约瑟夫哄然散落，不过他及时避开。保罗、罗杰、史蒂芬赶紧蹲下身子，把手搁在膝盖上，开怀大笑起来。可怜的葛瑞目瞪口呆地站着，看着上方支离破碎的灯管。当碎玻璃从约瑟夫的头上掉落时，他也爆笑出来。"天哪，葛瑞！那可真是个好球。"史蒂芬嗤笑着。葛瑞气急败坏地解释："我根本没想要那玩意儿跳得那么高。"全班都过来收拾残局。"嘘，拜伦老师来了！"有人低声说着。在他们居然想出一个借口之前，爱尔兰文学老师拜伦先生走进来，蹙眉问道："这是怎么回事?"

"是我闯的祸，老师。"葛瑞说，"我会赔偿损失的。"

老师审视着躺在他脚边的橄榄球，一塌糊涂的天花板，以及全班惊恐的小脸，然后以最严肃的表情说："清扫干净，保罗，将约瑟夫带到衣帽间，帮他把碎玻璃捡下来。大家都给我到餐厅去。葛瑞你跟我来，解释给校长听，他也许会放过你，也许不会。我可以确定这是一场意外吧?"

葛瑞竭尽所能地说："是意外，老师，我们只是练习传球，球打得太高了。"

"好吧，那跟我来，我看看怎么办比较好。"老师说。

在球赛的日子，学校球队的代表色在拉拉队手中变成炮火。山顶圣殿蓝黑相间的旗帜在拉拉队手中是拿来挥舞呐喊的工具，每个人都用尽全力帮自己的校队加油，他们一起进军城堡大道。这场球赛是与圣哥伦巴球队的最后决赛，约瑟夫为他的同学感到紧张焦虑，坐着看他们浴血奋战。看到对手击入一记胜利的罚球，他的心头绞痛起来。他坐在靠近赛场的角落，听着双方嘶喊叫阵。他暗自咬牙叫骂，当史蒂芬踢进一记三十五码的罚球，他再度盼望着自己能喊出声来。他一直期待着山顶圣殿的进攻，无视圣哥伦巴优雅有序的战法。他只看得到尼可、蒙纳、葛瑞、盖瑞，或是保罗。校长麦蒂考特先生也加入进来，为学生们呐喊加油，约瑟夫希望自己也能做得到。圣哥伦巴由队长发号施令，麦蒂考特先生则自己为球队运筹帷幄。看着这个成年人为了一群少年殚精竭虑，约瑟夫不禁微笑起来。当他几乎要放弃胜利的希望，罗杰在这时候踢出一记堪称奇妙的好球，可是比赛终场结束的哨音也就此响起。虽然败给了更有经验的球队，他们的教练拜伦先生还是高声赞美球队奋战到最后一秒的顽强。

为了从失败中站起来，他们继续练习，毫不懈怠。在科学楼后面，他们在烟雾缭绕中讨论战术。约瑟夫坐着倾听他们的计划、战略和争议。这是个平常的三月天，东风咬着他的手指与耳朵。他坐在朋友中，天气越来越冷，他们担心他的身体，将他围在中间，保护他柔弱的身体。有时候他们会用带着手套的手握住他冰冷的手，试图让他暖和起来。

练习时间在每周二与周三的下午，但是约瑟夫无法去参加。他只能从他们的讨论中了解情况。现在在他们将有另一场比赛，他听着他们说要如何克服自己的弱点。保罗担心自己的鞋子，说要去买新的球鞋。"我不上最后一堂课，"他说，"我要回家去拿钱，然后去'美好景观'商业区买鞋子。"约瑟夫第一个回应，他对保罗表示自己也想一起去。保罗微笑着说："你不用上最后一节课吗？"约瑟夫摇头，但表示他还是想去。保罗笑着说："我是没问题的。"然后史蒂芬与班·史班森也想一起去。于是，不管有没有课要上，这四个孩子一起出发到保罗家。保罗的母亲有点惊讶他们四个都要去"美好景观"。他们回头对她笑着，表示没有问题。她只好摇头笑笑，关上了门。

约瑟夫愉悦地拥有忠诚的朋友，他们用强健的臂弯保护着他，他只觉得自己被一路簇拥到运动商店去。男孩们无所顾忌地闲聊着，对路上遇到的女孩挤眉弄眼，买香烟抽起来，将愉悦的火光照进轮椅乘客的心底。强劲的风吹着每个人，他们担忧坐在轮椅上的朋友。史蒂芬把头甩了甩，将红色的围巾从脖子上取下，围在约瑟夫的脖子上。这四个人都只穿着单薄的衣服，戴一条围巾，朝着梅尔维尔大道前进。名为"稍事运动"的这家店总是供应许多款式的球鞋给保罗，其他三人在店外观赏壮观的自行车大展览。能言善道的小鬼们评议着这些车子，但当他们看到价码时，不禁嗤笑自己无用的评论。买完球鞋后，他们原本信步闲晃，忽然间保罗看着自己的手表说："天哪，注意一下时间吧！"他又看着约瑟夫说："你现在晃到这里来，你妈妈此刻一定在学校找翻天了。"约瑟夫想到娜拉要把学校掀翻，找出她小孩的场面，不禁笑出来。他知道她不会麻烦老师，她知道他的交友情况，知道要问该问的人。但是把约瑟夫带出来的几个孩子还是忧心忡忡，保罗推着约瑟夫的轮椅，对史蒂芬说："我们绕个弯，抄小路走吧！"轮椅横冲直撞，约瑟夫的牙齿咯咯作响，由于保罗的亲切与史蒂芬的热心，他感到被某种幸福包裹起来。他们只顾着往前冲，没空搭讪女孩或抽烟，必须在娜拉真正担心起来之前回到学校。他们并不像约瑟夫那么了解娜拉。来到山顶圣殿的大门时，娜拉刚好迎向他们。当她看到自己孩子围着围巾，不禁笑逐颜开。她充分体会到这些孩子对约瑟夫的爱，也诚挚地感谢他们让约瑟夫的眼神焕发光彩。

对于孩子的学校生活，娜拉稍微有个底，但是她大概不知道他与朋友们在学校的嬉乐。只要大人不在旁边，这些小孩就闹翻了天。下课后，约瑟夫的司机们就围在他的轮椅后方，如同爱利克斯一样站在轮椅后下方的脚架上，将整个轮椅一路滑下学校的山坡。约瑟夫端坐在他的"敞篷车"上，听着那欢乐的驾驶员尖叫着"开车"，"小心坐稳啊，约瑟夫，我们正在加速呢"，或是"把那些四肢乱动的家伙赶出我们的车道"。当那辆轮椅竟然乘载了五名乘客，欢乐达到最高点。这五个人不浪费一丝一毫的空间，约瑟夫坐在最中央，两边各一个人挂在轮椅边上，有一个人站在轮椅后面的脚架上充当驾驶员，最后一个坐在约瑟夫的两腿间，由他来掌控速度。这就是校长刚好撞见的场面，他严厉告诫这些小孩，以后轮椅上至多只能搭载三个人。

急躁活泼的男孩们将正常生活带给残疾的约瑟夫，活泼的女孩将欢笑注入他的内心。山顶圣殿将快乐的意义赋予约瑟夫原本孤寂的生涯。约瑟夫·麦翰的生活从此躁动不安，但他从朋友的慰藉中找到生活的光彩。

有一天，史蒂芬用书包打约瑟夫的头，悄声说："明天我会把那玩意儿带来。"那是他早先说过的惊人杂志。他不肯说出里面的内容，将他朋友的期待与好奇挑拨到最高点。第二天，他把杂志从书包里拿出来说："你看，我没忘记吧。"他把杂志倚在前方同学的背部。约瑟夫兴奋地看到最完美强健的人类身躯。他忍俊不禁，想到自己对比于这些健美先生，就好像是小虫子与鲸鱼一样。史蒂芬对他朋友的反应感到困窘，但他还是镇定地翻页。约瑟夫看到肌肉健美的壮汉，摆出模特儿的姿势。他怀疑自己全身上下到底有没有一块肌肉。约瑟夫无法解释自己为何感到滑稽，但是史蒂芬多少明白，这不是他朋友预期要看的东西。他只好友善地收场，"好吧，看来你不佩服他们。"然后他警告说："哼哼，等一下我看到你妈妈时，我要拿给她看。"

　　这就是约瑟夫在山顶圣殿学校的愉快生活。史蒂芬的杂志不过是冰山一角，隔天又发生了新事件。当时约瑟夫正在上生物课，歇克拉顿老师在黑板上画生殖图解。约瑟夫坐在葛瑞格旁边，另一边是罗丝玛丽和丹儿。罗丝玛丽正在把玩一只戒指，葛瑞格把它抢过来。他本想戴在自己的手上，却戴不进去，于是他抓住约瑟夫的手，将戒指戴在他的中指上。本来那感觉很不赖，可由于约瑟夫的拳头紧缩，戒指开始让手指两端肿胀起来。约瑟夫将手拿给罗丝玛丽，她试图拔下戒指，丹儿也尽力帮忙，他的手指变得红肿无比，但还是取不下来。葛瑞格说："让我来吧。"但他也弄不下来。罗丝玛丽一直低语着说："请把我的戒指还我，约瑟夫·麦翰，这东西对我意义重大。"约瑟夫想请她住口，此时歇克拉顿老师显得困惑起来，但他什么都没说。那三人将约瑟夫带到洗手池，试图用肥皂水让戒指脱落。手指肿得越来越厉害，约瑟夫想象着自己的手指惨遭砍除的场景。经过一番惊天动地的挣扎，葛瑞格终于迫使戒指从约瑟夫的手指上脱落，和平再度降临。"现在，你们可以好好上课了吧?"老师似乎早已侦察到情况，但还是毫不动摇地继续授课。他就是那种类型的人，从不在麻烦发生时让自己插手干涉。

由科欧先生设计，羊齿叶状的火焰图案装饰着美术教室的墙壁。长长的画架遍布整个教室。学生们坐在高脚椅上，接受科欧老师友善的指导。约瑟夫注视着老师指点年轻学生的神情。这个残障孩子化身为一个沉默的艺术家，将生命幻化到画布上。以他的胆识，要决定画什么一点都不是问题，比如创作出孤绝大漠的景像让他能够与绝望对抗。然而，他同时将金字塔、驼峰饱满的骆驼、身披长袍的阿拉伯人带入画面，丰盈了原本孤绝的景致。他将自然的壮丽带入画面，而不是刻意塑形。由于心灵的创作而疲惫，他抬起头来，审视着同学们的胜利，借此蒙骗自己说，社会并不会因为一个男孩的失败而拒绝，反而欢迎这样的战斗。他放弃了超越同学的欲望，从所有的火光中汲取力量，击败了自己心灵沙漠里沉默的君王。

被男孩们的粗鲁友谊笼罩，约瑟夫略微感到遗憾。但是，他也拥有另一种关切：起初是他的姐姐，然后各种年龄的女孩都以姐姐的姿态关爱着他。她们驱逐了他残弱的形象，愉快地慰藉他不能成为丈夫的悲哀。虽然还是小小年纪，约瑟夫对自己永远不能结婚心知肚明，他早就停止了这种挑战，过度花费未来，就像人类的脚后跟，今生注定要做一名清心寡欲的隐士。他的父性只能展现于深藏在孤寂之内的疗救力量。原先不可企及的梦想总是借由上帝的帮助得以实现，靠他身为天主教徒的奉献精神达成目标。每次他在参加圣餐式时，总会感到身心涤清。他身为神甫的叔叔会把星期日下午的圣餐饼带给他。如今的他已经能够抚平过往的伤痛，从远方得到答案，并呼吸受到祝祷的蓟花芬芳。

18　学院的思维瑰宝

在山顶圣殿的最后一年已经进入倒计时阶段。现在，约瑟夫开始认真考虑他的未来。躺在床上时，他的眼神不时落在墙上的一幅海报上。这幅画展示着朝阳勃发的场面，就在光芒迸射的背景中，一只黑色的鸟翩然起飞。圣经《诗篇》第一百三十九篇表达出这幅作品的寓意，"我若展开清晨的翅膀，飞到海极居住，就是在那里，你的手必引导我，你的右手也必扶持我。"必须在时限内办到，于是约瑟夫决定和校长谈谈。

"约翰·麦蒂考特先生，您是否同意我进圣三一大学读书？"约瑟夫打着这封信，现在是在山顶圣殿的最后一个月，他无法放弃上大学的愿望，想要考验自己对这个愿望的决心。他的中学教育好不容易熬到终点，现在他渴望进入更高阶段。我可否做得到呢？约瑟夫挣扎着思索，我是否能够解开枷锁？我的际遇很可能又变成搁浅岸边，无声地尖叫乞求帮助与了解。或许我会被那些聪慧的学生排挤，我这样的残障者能够毫无顾忌地显露出自己的残疾吗？如果学生们欺侮我，我又该怎么办？像我这样被当成野兽看待的人，能够抗争那些传统观念吗？我必须得把公共场所当成地狱，又必须沉默如无边的天堂。我的家人又能够战胜这次挑战吗？像我这样的残障者会榨干家人的最后一滴精血？你知道他们背负的十字架，你知道他们付出的代价。倘若你在一个月、一年之后就失败了呢？也许你只会以失败的代价来获取一次机会。

约瑟夫用暗哑的嗓音，告诉自己倘若被圣三一大学拒绝的应对办法。他坐在美术教室的门口，权衡着现状与未来。他用内心的炭笔作画，色彩在他的四周飞舞旋转。他念叨着，干吗用那讨厌的紫色充当苍穹，为何不用橙色或金黄色？他试图捕捉橙色，但是那色彩从他的掌心滑逸而去。他的手指紧缩，改用另一种颜色，但当他看到那颜色，他赶紧扔开。它会将无声的梦境全部染上黑色。我为何不能使用金黄色？他思索着，我总不能画一幅血红色、芜菁蓝，或是黝黑色调的夕阳图吧？色彩飞快地旋转着，无力掌控金黄色使他从灵魂深处发出忧伤叹息。他涂抹在画布上的色彩是金色的苍穹，大笔挥出芜菁蓝、血红色与黑色的线条。在沙漠中吸食腐尸的苍蝇聚集在画面上，它们兴高采烈地啃噬着他的安慰剂。他赶紧将它们赶开，免得被它们侵蚀信心。

约瑟夫安静地坐着，检视自己的成果，不时偷看门边，但是总不见人影。当门打开时，他的头抖动起来，他迅速地看到校长的脸庞。麦蒂考特先生的步伐坚决确定，表情不动声色。他大步走向科欧先生，说道："我可以和约瑟夫谈一谈吗？我将他推到走廊那边。"他冷峻地推着约瑟夫的轮椅，走到外面漆着绿色的走廊。然后，他站在学生面前，开口说："我刚接到圣三一大学的电话，他们接受了你。泰伦斯·布朗教授说，他很高兴能有你这样一位学生。"约瑟夫看着老师严肃的脸庞上写满了喜悦，这高贵的人眉开眼笑。他不断地鞠躬致谢。狂热的美梦终于实现，而这位难得一笑的校长也终于笑逐颜开。

当约瑟夫的母亲在午餐时间抵达时，大好的消息迎接着她。约瑟夫告诉她这个消息，问她是否为他高兴。娜拉拥抱着儿子说："老天哪！你真是高兴得口齿不清了。"约瑟夫紧张地笑着，他母亲也跟着开心地笑。她从茶壶中倒出一些香醇的热茶，搂紧他紧张的手臂。"好啦，把这喝下去，从头到尾详细说给我听。"他向后仰着，告诉她圣三一大学的消息，接着又告诉正凝神倾听的她，麦蒂考特先生想要跟她聊聊。"他几点吃完午餐呢？"应该是两点，他告诉她。于是她将餐具收好，把她的孩子从许多人聚集的大厅推到更衣室，然后前往校长室。

她对孩子的处境感到忧心，娜拉对麦蒂考特先生这样说。他倾听她的担忧，然后告诉她圣三一大学会有两位老师到约瑟夫的家中拜访。"一定要让他们知道，你的打字速度很慢。"老师坦白地说，"你知道，约瑟夫，到时候一星期得交出一篇论文，另外还有一篇学期论文。"约瑟夫从未为自己的处境害怕，只是忧虑于自己的残障。他坚强地微笑着，不显露出内心的隐忧。当她想到自己孩子的打字速度要应付每周的作业，娜拉感到惊悸。"你要怎么做完全取决于你自己，你能够做到。"娜拉笑着说。

约瑟夫精细地打理内心的花朵，要这样照顾花圃，对别人来说实在太过辛苦。他明白自己的乐器需要随时保养，而且确定圣三一大学会开启他的心灵之眼，他渴望倾听这些高等学府的声音讲述伟大的文学。他心中充满自信昂然的自我。

约瑟夫等不及要把好消息告诉朋友们，但是麦蒂考特先生让他提早下课回家。好吧，那只好等到明天再说。不过，说不定保罗或彼得今晚就会打电话过来。不知道他们会说些什么。更重要的是，不知道那些圣三一大学的人看到一个残障者堂而皇之进入他们的学校就读，会有什么反应。你一定是疯了，他谴责自己，竟然妄想进入最高学府！你这傻瓜胆敢告别过去那珍贵的孤独。想要追求悸动，是吧？你会得到苦果，小鬼！就连地狱也不特别喜欢痉挛，你竟然自找死路，把自己交出去当人类祭品。然而，话说回来，何不试试看，何不试图改变！你总是太快就揣测他人的动机。想想看山顶圣殿的人！事实上，每个腐烂的果子旁边还是有一大堆好的，你遇到的都是好的，所以，不要在事情还没发生之前就妄下断言。心平气和地前进，朋友们会援助你的！保罗、彼得、史蒂芬、葛瑞，以及忠诚的海伦。最要紧的是不要惊惶失措，不要事先丧志，不要当个要命的胆小鬼。没有人想欺凌你，正如你不想欺凌任何人。想想看，老天，如果我的手跑出去抓住人家的裤裆呢？他们会说我是变态，喜爱性骚扰的变态。如果他们认识我，就会明白事实并非如此，我的手臂不由自主，不过他们……天哪！闭嘴吧，你这是在谋杀自己，只要静观其变就好。

是否钟声已经响起？当他经过山顶圣殿的通道，男孩沉思着。如今，启蒙之旅已经抵达终点，这是他在这所高贵学校的最后一日。他的目光落在可爱的校舍、钟塔，以及孤独的他在此地度过的美好岁月上。他曾经享有愉快而美好的经历，难忘那些集体生活与欢声笑语。

他的同学只把他当个普通人来看，他在此体验到以往从未体验过的东西，不可描绘的事物。原本他将受困于自身的躯壳，直到生命的终点，只因为一个学校不偏见、不嫉恨，欢迎约瑟夫·麦翰成为他们的一员而改变。

讨厌鬼散去之后，虚弱的约瑟夫和同学、老师们在一起，山顶圣殿的宴会正达到高潮。天气将那些穿着不合时宜的家伙赶跑，约瑟夫克服了突如其来的伤感，他知道那些男孩都将会长大成人，朋友将成为学者，登上这世界的舞台。然而，大家都是来享受宴会的欢乐的，于是他封锁了消极情绪，与密友们一起欢笑。

那辆红色的汽车进入大门，它开得很慢。"我敢说就是他们！"马修说。约瑟夫按捺下长叹，看到两个男子走出来。他们来了，他欢欣地瞠目结舌，不知道说些什么。娜拉打开大门，向他们致意。他鼓舞自己，然后面对两位德高望重的教授。康纳利教授拍着他的肩膀说："真好，约瑟夫，记得我们在里丝托纬尔碰过面。"他释然地笑了。另一个穿西装的男士温和地握着约瑟夫的手。原先的忧虑已经烟消云散，谈话进行得非常愉快。这真是最难得的优秀学校，见识了学院派的思维珍宝，约瑟夫的思绪狂驰。想想看，倘若每天都能够听到这样的老师授课，倘若他们的随意交谈都能够让我思绪飞扬，正式上起课来一定不得了。凝视着这两位教授，男孩的目光落在那张打好的信纸上。在那封信上，他告诉两位教授他自己对于身为学生的看法，同时他强调，进入大学就读的巨大挑战。两位教授回应他，再度向他印证，他不羁的创造力将在学校的训练下得以发挥，他会在他们的教导与守护下充分成长。

山顶圣殿学校在同一个晚上举行告别晚宴。两位教授告别离去后，约瑟夫不禁松了一口气。原本令人焦虑的担忧已经消弭不见，信心已经建立起来。他向康纳利教授与布朗教授道别，迎向豪思厅夜宴的欢乐。

伴随着搭在肩膀上的纤纤玉手，男孩们向皇家豪思厅的舞池地板致意。就在此时，约瑟夫生命中充塞着的孤寂停顿。他渴望大胆狂舞，被友谊伴随。坐在他们当中，他惊叹于这样的谬误与清醒。舞蹈、美酒、晚宴，还有女孩子们。抛掷一切的自由斗士是与他相得益彰的新角色，他是每个人的良伴，不容许任何人轻侮。被赞誉为新生代诗人的他注意着不要泼出酒，不要搞坏这样的幸运之轮。借着这些素材，他在自己鬼影幢幢的世界中咯咯大笑。

跳舞的人占据了舞池跳个不停，但是，并非每个人都适合入场。等到大家跳完散场后，约瑟夫一人在地板上旋转，如同嘉年华会中的自动人偶。虽然头晕目眩，但他还是继续玩下去，光线激烈洒下，同学们在旁狂热地起哄。忧郁的约瑟夫终于显现出他活泼的一面。终于能够开怀娱乐，他感到女孩们的邀舞是最后的忧伤表示，表示她们一直在意着他。男孩与女孩的关照让残障男孩的心灵悸动了，他着实感谢他们的心意。当他与大家一起坐着吃最后的道别晚餐，他心中也咀嚼着他们的款款情意。他不禁喝了许多酒：啤酒、伏特加、马汀尼、达柏涅特，直到生命狂欢如潮水，就连地狱也可以接受。同学们发觉自己举步维艰，但是约瑟夫就不用担心这一点。他稳稳地坐在轮椅上，脸上挂着热烈的笑容，挥之不去的开心笑颜。当一个家伙无法遏止笑意，他可就走运了。

当约瑟夫·麦翰仍然挂着笑意走在回家途中，晨光已经爬上了东边的天际。他父亲小心翼翼地驾驶，那孩子仍然望向天边。为何自己就是动弹不得，约瑟夫想着。这残疾的孩子只想抛开自己的外套，摆脱自身的残障，如同抛开青铜铠甲一般跳着圆舞曲。

娜拉笑开了，可咯咯笑之后又迟疑起来。看见她身有残疾的孩子的自嘲笑容之后，她才真正开心地笑了。将约瑟夫弄上床，她说："但愿上帝在明天早上保佑他，不要让电话铃响起。他至少需要一个星期的安静休养。"马修也笑了，但约瑟夫不懂那是为什么。

19　人类荒域

约瑟夫·麦翰进入圣三一大学学习时，先前他习以为常的观念，诸如刚出道的新作家需要时间来打磨他们的写作技艺等，消失殆尽。约瑟夫赫然发现自己竖直耳朵，穷尽心力了解那些文学史上的巨子。如今，挑战他的对手俨然是勃朗宁姐妹、狄更斯、康拉德，以及剧作家奥凯西、贝克特、辛格等人。这些文坛巨匠为他粗俗的心智播种下省思的智慧。他的呼吸声音嘈杂，但学业进展甚佳，他全神贯注于老师的授课。约瑟夫端坐于那些聪慧、身体健全的年轻学子之间，惊异于他们的羞怯与稚嫩。他们展现出不凡的智慧，但在上课时，经常不发言。这种情况总是让约瑟夫对于他们选择加入哑巴阵营感到沮丧。

　　从一个未受过规训，草莽野性的少年作家，一举变成为一名大学生，每个星期都得交出一篇评论文章，约瑟夫不得不克服他的残疾，加快原先缓慢的写作速度。他脑中充塞着各种想法，总是致力于浸淫其中，直到交稿的期限到来；总是要在交稿的时限像枪口抵住他的小脑袋，他才会写出东西来。每次当他的理智想要放弃继续思考下去，他的身躯便以某种痉挛来教训自己。他的写作速度由这样的痉挛来决定，越接近交作业的时限，身体的痉挛越发激烈。娜拉试着劝告她的孩子将文章分成不同日子完成。然而，纵使约瑟夫知道他母亲用意良好，他还是无法让她明了，要选对开始动笔的那一刻是多么困难。这孩子搜肠刮肚地思考着。看他的作业就明白，他都是靠自己弄出来的。他完全不参考那些伟大的著作（他连圣三一大学的图书馆都没有去瞻仰过），但是，他会在内心检视劳伦斯的诗篇，霍普金斯的经典。然后，在时间的压力下，他竭力整理自己的思绪，并且蔑视着那股要将他的肉身勒紧的痉挛。当交稿时限越发逼近，他的身体便施展出最致命的收缩。他则用尽心力跟最后的句子进行拉锯战。他的家人最后禁不住感到不耐烦，不理解他为何如此紧张，既然都已经快写完了。母亲会把坐在轮椅上的约瑟夫推回厨房，而同为学生的姐姐雅薇妮会帮他煮一杯咖啡。但是这样的缓解无法持续太久，一旦他回到书房，背部就又僵直起来。没有人能够帮助他，没有人知道他的文章结尾是什么，除了上帝之外，无人能够扶他一把，然而上帝已经酣睡了。直到天光破晓，家人们起床，这孩子才终于破茧重生，找出了他的结尾句。他已经制服了自己的身体，并且完成了文章，明天就可以到圣三一大学交作业。

　　千真万确的距离的确存在于以欢乐命名的圣三一大学和穿着粗麻布衣的约瑟夫之间。外界的信号费尽他的精力，影响他的判断力，只要他过于靠近另一个人就会如此。他的家人费尽全力，不让他与别人尴尬。当他过于靠近另一个路人时，他的家人会用一只手稳住轮椅，另一只手用力拉住他的手臂。有时候他们的努力也会失败，他会用另一只手臂向靠近的路人挥出一记老拳。这时候，推着轮椅的家人会对这倒霉的路人强烈致歉，"他感到很抱歉，他无法控制自己的手。"这些人通常也接受他虚弱的致歉。

"我会在艺术大街街口与你们碰头，我从隧道那边过来。"雅薇妮说，飞快地赶上巴士到贝尔菲得。她在大学里有课要上，不过她打算和娜拉、约瑟夫一起吃午餐。没有浪费一点时间，母亲和儿子从布朗博士的房间冲到电梯，赶忙去与雅薇妮会合。她在那儿等得快饿坏了，母女两人一边聊着她的课程，一边推着轮椅。约瑟夫一边倾听，一边环顾整个广场。他注视着钟塔、教堂，望向秋高气爽的天空。娜拉知道，如果把轮椅推行在石板路上，她儿子的牙齿就会咯咯作响，如果在光滑的路面上前进，他会比较舒服。她们走出大学前门，来到西摩尔兰街。有个男子站在那儿看报纸，上面刊登着今日摘要。他岔开双腿站着，沉浸于报纸。当双方彼此接近时，雅薇妮必须挡在那男人身边，娜拉按住约瑟夫的手。不过约瑟夫的另一只手以雷霆之势飞击而出，冲向那男子的两腿之间。那男人遭受到平生最严重的惊吓，迅速转向他柔弱的攻击者。照例，她们致以歉意，但是那男人吓坏了，根本无法回答。她们聪明地撤离闯祸现场，并且压抑住调皮的嗤笑。

"那可怜人的心脏遭到严酷的考验。"娜拉咯咯笑着，但是雅薇妮摆上最严厉的神色，弯下身来对她弟弟说："你要保证，之后一整天都不要再淘气了！"约瑟夫爆笑出声，他的笑声里显露出美好的惬意。他无法与母亲和姐姐共享午餐，却洞察了勇气与运势的一体两面。他微笑地参与她们的谈话，啜饮一杯美妙的鲜奶咖啡，然后回到位于约纳翰·史威福特剧场的大学课堂。

圣三一大学的夸炫大胆嘲笑着约瑟夫，削去他愚蠢的面部表情，无法压制的大声呼吸，以及无意义的咕哝。当他坐着打他的第一篇学术论文时，真正的恐惧攫住了他。我能够认为自己在真正思考吗？他疑惑着。或者，我真正达到他们想要的境界吗？他所写的主题是"贝克特的简洁"，但是，他的观点被认为是害羞的残疾人士从对贝克特的阅读中找出自觉。他的戏剧文学课老师察觉到约瑟夫更关注贝克特的生平，却将学术性放置于贝克特之后。他的老师明白了这个残疾学生需要时间来消化如此艰深的典籍。老师以诙谐的态度发言，给约瑟夫扳回面子，"我真高兴在读到你的文章前就讲了课。"他给予这篇作业A的成绩，盛赞这是一篇"出色而有洞见的文章"。约瑟夫欣喜于老师的评语。

在文学评论课上，安静的同学看到布朗博士温和地从约瑟夫充满创意的作品中穿梭往来，帮助他在散乱的论述中找出美好的事物。壮丽的诗篇成就丰美，他引领这个不能言语的孩子通向更高的层次。通过泰伦斯·布朗博士的指导，约瑟夫到达全新领域。这残疾孩子胡乱敲打他广博心灵的发现。而布朗博士总是对他信心十足，能够从粗野的字句与烟雾弥漫的语言中找出丰富的意义。

引吭高歌的时候，马修总是把文字扭曲来配合当时的情境。这天早上正好是《南太平洋》，他羞怯地唱着："牵住我的手，我是天堂的一位奇异娼妓。"约瑟夫坐在楼上卫生间的马桶上，还昏昏欲睡，此时才早上六点。马修只好改去楼下的卫生间，全家人都起床了，因为约瑟夫九点钟在圣三一大学有课要上。马修要转两班公车去上班，雅薇妮自己的课虽然是十一点，但她的任务是在娜拉开车时抱住弟弟，保证他的安全。由于睡眠匮乏，雅薇妮喊道："看在老天分上，约瑟夫，快点出来吧！这么一大早起来就够难受了，你和爸爸还各占了楼上和楼下的卫生间。一个女士真是生不如死。"她敲着门。"啊，康纳利的课是今天？要讲《枪击手》？"娜拉大声问。雅薇妮说："我想要听他讲奥凯西。也许我会等着上他这堂课。"约瑟夫想要回答，但已经太迟了，他听见她奔下楼梯前往厨房。

过去作为一个残障者的阴影陪伴着约瑟夫通往圣三一大学的走廊。他的确感念于自身获得的福祉，能够进入这个学术味十足的古老大学。由于家人的全力支持，他才能够上所有课程。他们轮流为他念课本，为他画线做标记。他的呼吸充满谢意，看着每个人付出代价，却忍不住想，他们有多大的负担，作了多少牺牲。他们一再告诉他不用在意，但他还是充满担忧与疑虑。

飓风席卷过约瑟夫的心灵，卷走他幼年时代的伤痕，带来春天的气息，灌入他人生的荒域。他一直尝试做个一般的孩子，将艰辛的喜悦灌注于麻痹的心脏。困惑会造成窒息般的阴郁，但是圣三一大学试图将残障学子游离不定的恐惧去除，让他勇敢地迎击困难。无数可爱的人让约瑟夫弯曲的身子呈现出美好的确定性。没有谁拿他当异类来看待，事实上，他一直在别人眼里找寻先前遇到过的拒绝。然而在任何一个教职员和学生身上，他都没有找到。

工蜂不畏惧险恶与死伤，为的就是要建立一个国度。约瑟夫也是如此，他竭尽所能地利用每个人的援助。他依靠家人的扶助上大学，坐在讲堂内，浸淫于知识的海洋。他赞叹马洛的《帖木儿》，充分了解莎士比亚玄美的十四行诗，与盲诗人弥尔顿一起抗击魔鬼，在狂乱的西斯克里夫的邪恶监视中偷偷抢走凯西，让 B 先生与帕米拉永远猜时间猜个不停。他在劳伦斯的情欲世界寻找攻读文学的孤寂与执著，遨游于乔伊斯的伟大宇宙，尝到百合花一般甜美的知识蜜果。他运用自己的天赋让人们知道，未必要接受普遍的刻板印象，误以为不能言语的残障人士永远只能屈从于尖声叫嚷的外界环境。

从幼年时代的青涩泪水中，迎来了上帝画布中的鲜红色笑脸。以人类的眼光，小约瑟夫·麦翰吟唱着地狱的歌谣，如今他来到了圣三一大学，奋力歌唱，不时敲打着才智卓绝、身体正常的人们。

印证了自己的智慧，约瑟夫知道他的大学预科教育已经圆满完成；当他被邀请正式开始攻读学位，他简直狂喜得神魂颠倒。胆大包天的"没问题"变成充满犹疑的"大概可以"吧。他暗自宽慰自己：既然你知道自己可以做到，又为何充满踌躇。

前进吧，让山林女神的甘霖沐浴全身，有胆识一点，做个成熟的人，不要避开这个世界。你已经熟识了教授们和同班同学。你知道自己不逊于他们，而他们对你充满悲怜——不，他们对你敞开胸怀。你可以在这群人当中找到更多真正的朋友，想象山顶圣殿的日子吧！你知道这样的征兆，你可以克服这一切。想想看你跟论文搏斗的那些日子，你不也都完成了，隔天就把完稿交上去。它可能轻薄短小，但是你可以办得到，你克服了自身肉体的障碍。然而，你到底需要多少时间来完成学业？嗯，你能够做得到的是一年完成一个学科，所以总共是八年。老天在上，到时候你就要被拿去喂虫了。八年哪！麦翰你疯了，疯到真正认真考虑那样做的可行性，疯到不抱持着怀疑。算了吧，还是选个比较对劲的路子，假如你的心目中还有"对劲"这样的念头。

"你能找出圣三一大学的邮政编码吗？"约瑟夫·麦翰点着头问娜拉。他正在写信给尼可拉斯·格雷尼博士，那是一封歉疚地回绝他提议的信，说明自己无法继续在圣三一大学攻读文学与哲学学位。娜拉翻阅电话簿，找出圣三一大学位于二号区。约瑟夫不断地鞠躬，直到他把信封封起来。不过，随后他开始感到难以释怀。还有最后一节课，他严厉地收拾起自己的孩子气，既然一切都已决定。他无法继续下去，但是还暗自抱着希望。

星期四是他待在圣三一大学的最后一天。他坐在靠近门边的位置，听着布兰丹·康纳利博士讲授亚里士多德的批评理论。看到学生们放松的模样，他也随之轻松起来，只是沉浸于老师混合着事实、趣味故事与惊吓策略的授课。康纳利对于惊吓自己的学生很有一套，要不是突然抛出个问题，就是故意轻视他们。今天也没有例外。然而今天还是不同于往常的每一天，因为再也不会有明天，今天是约瑟夫·麦翰最后一天上课。

感到松懈与怪异的不悦，约瑟夫通往电梯。他审视着自己灰沉的未来，感到巨大的失落。为何这一切是如此困厄，但又如此欢畅，他沉思着。我将会魂萦梦系着这一切，但如果我同意继续学习，将会更难过。然而他看到了布兰丹·康纳利博士。"约瑟夫，到我的研究室来吧，我有东西要给你。"这位有着可爱酒窝的学者说道。娜拉一面推着他前行，一面与教授闲谈。到了他的研究室，教授拿出一本书，打开黑色的封面，上面写着："送给约瑟夫，致以美好祝福，布兰丹敬赠。"他说："这是我自己的一本小小诗选，请你指教。"约瑟夫微笑又鞠躬，鞠躬又微笑；以他最后壮丽的挥舞，高举右臂，向圣三一大学的教授作了最后一次道别致意。

当约瑟夫到达大厅出口，马修与雅薇妮已经等在那儿，他们打算与娜拉，以及曾经是学生的约瑟夫碰头。这一天并非葬礼，这就是麦翰家人的想法。"我们正要去百利餐馆。"雅薇妮哼唱着，"我要请你喝一杯咖啡，以及一大根奶油棒。"他知道自己无法吃那种糕点，但这是让他分心的伎俩。

他倚着轮椅，看着自己的家人——这真是一群了不得的人，他暗自赞叹他们的心怀与爱意。察觉到她弟弟如今是多么孤寂与彷徨，雅薇妮握住了轮椅的把手，将弟弟推出隧道，通往纳沙乌街。然而，说真的，她并不明白为何她弟弟低声哼唱着这样的旋律：

他往西方阔步前行，
他往东方跌宕颠仆，
他往北方成长伸展，
看似迷途，他往南方闯荡。
他严苛的旅途迎向远方。

图书在版编目(CIP)数据

时钟的眼睛 /〔爱尔兰〕诺兰著；洪凌译. - 海口：南海出版公司，2008.1

ISBN 978-7-5442-3983-7

Ⅰ.时… Ⅱ.①诺… ②洪… Ⅲ.自传体小说 - 爱尔兰 - 现代 Ⅳ.I562.45

中国版本图书馆 CIP 数据核字(2007)第 204692 号

著作权合同登记号　　图字：30-2008-023

SHIZHONG DE YANJING
时钟的眼睛

作　　者	〔爱尔兰〕克里斯多夫·诺兰
译　　者	洪　凌
丛书策划	新经典文化（www.readinglife.com）
责任编辑	张　桐　翟明明
特邀编辑	王　莹
装帧设计	新经典工作室·金　山
内文制作	粘志同
出版发行	南海出版公司　　　电话（0898)66568511
社　　址	海口市海秀中路 51 号星华大厦五楼　　邮编　570206
电子邮箱	nanhaicbgs@yahoo.com.cn
经　　销	新华书店
印　　刷	三河市三佳印刷装订有限公司
开　　本	890 毫米 × 1280 毫米　1/32
印　　张	7
字　　数	140 千
版　　次	2008 年 2 月第 1 版　　2008 年 2 月第 1 次印刷
书　　号	ISBN 978-7-5442-3983-7
定　　价	20.00 元

南海版图书　　版权所有　　盗版必究